KB124028

로크미디어가
유혹하는
재미있는 세상

ROK
MEDIA
로크미디어

武當霸王
무당패왕

무당패왕 3

2023년 6월 8일 초판 1쇄 인쇄
2023년 6월 13일 초판 1쇄 발행

지은이 윤신현
발행인 강준규

기획 이기헌 왕소현 임동관 박경무 강민구 조익현
책임편집 이정규
마케팅지원 이원선

발행처 (주)로크미디어
출판등록 2003년 3월 24일
주소 서울시 마포구 마포대로 45 일진빌딩 6층
Tel (02)3273-5135 Fax (02)3273-5134
홈페이지 rokmedia.com E-mail rokmedia@empas.com

ISBN 979-11-408-1063-5 (3권)
ISBN 979-11-408-1050-5 04810 (세트)

윤신현 신무협 장편소설

3

무당
패왕

武
當
霸
王

ROK
MEDIA
로크미디어

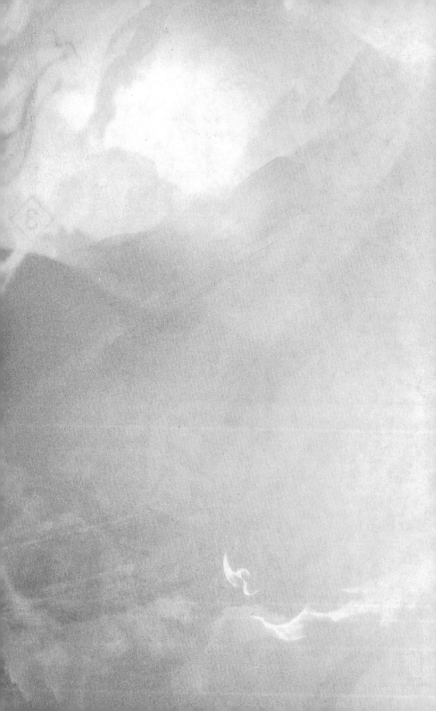

차례

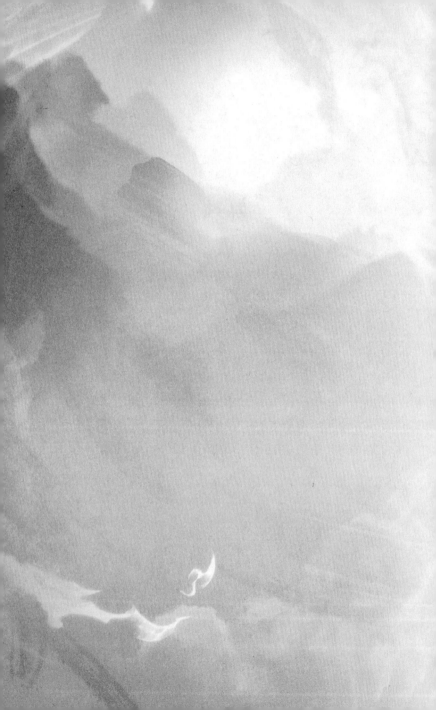

제18장 저는 사부님과 다릅니다

사부님의 봉분이 있는 곳으로 향하자 익숙한 인영이 서 있었다.

뒷모습뿐이었지만 유하성은 보는 순간 알았다.

"오랜만에 뵙습니다."

"그래. 오랜만이지. 근데 너무한 거 아니더냐? 편지 정도는 얼마든지 쓸 수 있었을 텐데."

"굳이 그럴 필요가 없었으니까요."

"에잉!"

명천이 입을 삐죽 내밀었다.

매정해도 이리 매정할 수가 없어서였다.

물론 이제 세 번째 보는 사이라고 하나 그래도 자신은 사백이었다.

시시콜콜한 내용까지는 아니더라도 가끔은 전서구나 전서응을 이용해 편지를 주고받을 수 있었음에도 불구하고 유하성은 그러지 않았다.

"매일 관리하신 겁니까?"

서운하다는 기색을 대놓고 드러내는 명천의 옆에 서며 유하성이 입을 열었다.

그런 그의 시선은 사부의 봉분으로 향해 있었다.

말끔하게 정리가 잘되어 있는 것이 하루 이틀 관리한 게 아닌 듯싶었다.

"……이렇게라도 해야지. 장문인직도 넘겨서 할 일이 없기도 하고."

"속죄인 건가요."

"그렇지."

한숨 섞인 명천의 대답에 유하성은 고개를 주억거렸다.

어떻게 보면 자기 위로라 할 수 있는 행동이었지만 그럼에도 사부는 좋아했을 것이었다.

이렇게라도 사형이 찾아왔으니까.

"그리고 나 말고도, 많이 왔다. 불손하게도 막내가 먼저 갔으니 사형들의 마음이 오죽하겠느냐."

"앞으로는 안 오셔도 된다고 전해 주시지요."

"이제는 나한테도 일을 시키는 것이냐?"

"귀찮으시다면 제가 하겠습니다."

"무슨 말을 못 하겠네."

명천이 한숨을 내쉬었다.

어째 하는 말마다 뼈가 서려 있는 느낌이 들었다.

그런데 서글픈 건 그걸 알면서도 따질 수가 없다는 점이었다.

"편히 하시죠. 그러셔도 되는 분 아니십니까."

"그렇긴 한데, 지은 죄가 있어서 그렇지. 내가 이 나이 먹고 사질 눈치를 볼 줄은 몰랐는데……."

"다 뿌린 대로 거두는 법입니다."

"진짜 궁금해서 그러는데 혹시 명운이한테도 나에게 대하듯이 했느냐?"

"그럴 리가요."

유하성이 단호하게 고개를 저었다.

그에게 있어 명운은 사부이자 아버지나 마찬가지였다.

그렇기에 명천을 대하는 것과는 다를 수밖에 없었다.

"끄응!"

"근데 그건 왜 물어보시는 겁니까?"

"왜겠느냐?"

"모르겠습니다."

얄밉게 어깨를 으쓱하는 유하성의 모습에 명천은 순간적으로 욱했으나 참아 냈다.

죄인은 말이 없는 법이었다.

너무나 얄밉기는 했어도 유하성은 그의 사질이자 죽은 명운의 하나뿐인 제자였다.

또한 당대 무당면장과 십단금의 계승자였다.

"후우. 알겠다. 내가 죽일 놈인 건 사실이니까. 그나마 다행인 건 다른 녀석들도 마찬가지라는 점이고."

"그렇지요."

"사실 난 네가 둘 다 돌려보낼 줄 알았다."

"그러려고 했습니다."

갑작스러운 화제 전환이었으나 유하성은 당황하지 않았다.

애초에 명천은 지시를 내리던 사람이었다.

그러니 자기중심적으로 대화를 이끌어 나가는 게 습관이 되어 있을 터였다.

아니면 그냥 지금의 대화를 끝내고 싶었든지.

"근데 용케 데리고 있더구나."

"데리고 다니니까 나름 쓸모가 있더라고요. 그리고 도로 보내면 사백께서 또 다른 제자를 보낼 것 같기도 했고요."

"나로서는 그렇게 할 수밖에 없었다. 너는 명운이의 하나뿐인 제자니까. 만약에라도 네가 잘못된다면 내가 어찌 저승에서 명운이 얼굴을 보겠느냐. 그런 사태만은 막고 싶었다. 더불어 너에게 알려 주고 싶었고."

"그것보다는 제게 있는 면장과 십단금 때문이지 않습니까?"

유하성이 무덤덤하게 한마디를 내뱉었다.

그런데 그 말이 화살처럼 명천의 가슴에 박혔다.

유하성의 입장에서는 그리 생각해도 이상하지가 않아서였다.

실제로 그것 때문에 원상과 원호를 보내는 데 동의한 이들도 많았다.

"내가, 내가 정말 그렇겠느냐?"

"아닐 수도 있겠지요. 혹은 다른 이유가 있거나."

"네가 원상이나 원호에게 면장을 가르쳐 주지 않은 거, 알고 있다. 덧붙이자면 둘 다 나에게 이런 내용을 말한 적은 없다. 자연스레 내가 알게 된 사실이지."

"너무 세세히 설명하지 않아도 됩니다."

"혹시라도 네가 오해할까 싶어 미리 말해 두는 거다. 사람이라는 존재는 말을 하지 않으면 잘 모르니까. 이런 문제는 확실하게 짚고 넘어가는 게 좋기도 하고."

어정쩡한 것보다는 확실한 게 나았다.

그걸 지금까지 살아오면서 수십 번도 더 느꼈기에 명천은 사소하다 싶은 것까지 다 말했다.

"알겠습니다."

"의심이라는 게 정말 무서운 거니까. 앞으로 나보다는 두 아이가 너와 더 오랜 시간을 함께할 것이기도 하고. 어쨌든 본론으로 돌아와서 얘기를 하자면 적어도 난 너에게 강요할 생각이 없다."

"면장과 십단금 전부 다 말씀이십니까?"

"그래."

"다시 소실될 수도 있습니다만."

유하성이 고개를 돌려 명천을 똑바로 바라봤다.

진심인지 아닌지 확인하기 위해서였다.

그리고 그걸 알기에 명천 역시 유하성의 시선을 피하지 않았다.

"맞아. 그럴 수도 있겠지. 하지만 또 누군가가 복원해 내지 않겠느냐. 명운과 네가 성공한 것처럼."

"흠."

"무당은 언제나 이곳에 존재할 것이다. 그러니 너무 서두를 것 없다. 나중에, 네가 때가 됐다 싶을 때 남기면 된다."

"생각이 다른 이들도 있을 텐데요."

"결국 중요한 건 내 뜻이다."

명천이 피식 웃으며 말했다.

여기서는 유하성에게 홀대와 푸대접을 받지만 그는 무당의 전대 장문인이었다.

비록 현역에서 물러났다고 하나 그의 위치가 흔들리는 건 아니었다.

어떻게 보면 대외적으로 무당파의 가장 큰 어른이 그였기에 감히 거역하려는 이는 없었다.

"다행이네요. 당장 내놓으라고 할 줄 알았는데."

"그렇게 나오면 내줄 생각은 있고?"

무당
패왕

"없죠. 전 사부님과 성격이 조금 다릅니다."

"조금이 아니라 완전 다른 거 같은데."

도명처럼 구름을 닮아 유했던 이가 명운이었다.

그러나 유하성은 정반대였다.

예의는 지키나 딱 거기까지였다.

아니다 싶은 건 거침없이 들이박아 버리는 성질을 가지고 있었고, 배짱도 두둑해서 그 앞에서 하고 싶은 말도 다 했다.

"사부님께서는 제가 많이 닮았다고 하셨습니다."

"대체 어디가?"

"성격적인 부분이요."

"그러니까, 어디가?"

명천이 다시 한번 반문했다.

아무리 봐도, 아니 눈을 씻고 찾아봐도 닮은 구석은 전혀 보이지 않았다.

명운이었다면 그의 면전에서 절대 이렇게 말하지 않았을 터였다.

"사부님의 개인적인 의견입니다. 저도 동의하고요. 아주 조금 다를 뿐입니다. 특히 상대에 따라서 말이죠."

"……후개가 고생이 많았겠어."

"나중에는 즐기더라고요. 오히려 사근사근하게 대답하면 가짜일 것 같다면서."

"나였어도. 근데 같이 올 줄 알았다만."

"개방주께서 호출하셨습니다."

명천이 고개를 주억거렸다.

다른 이도 아니고 개방주의 호출이라면 후개가 떠나는 것도 이상하지는 않았다.

다만 이춘상의 심정이 어땠을지 능히 짐작이 갔다.

"대련은 해 주었고?"

"다 아시네요?"

"원상이 있잖아? 그리고 너는 나의 아픈 손가락이나 마찬가지다. 정확하게는 아픈 손가락에서 자라난 손톱이라고나 할까?"

"적당한 비유네요."

명천의 눈썹이 꿈틀거렸다.

나름의 소심한 복수였는데 정타는커녕 빗맞지도 않은 것 같아서였다.

"그래서 개방의 총타로 갔습니다."

"결국 안 해 줬다는 얘기 같은데?"

"맞습니다."

"허어. 한 번 정도는 해 줄 법도 한데."

"실망 안 하던데요. 나중에 찾아오겠다고 했습니다."

명천은 헛웃음을 흘렸다.

사질이지만 정말 냉정했다.

하지만 한편으로는 명운과 함께 자라서, 막내 사제가 살아

무당
폐왕

온 걸 봐서 이렇게 된 건 아닐까 하는 생각도 들었다.

"개방의 후개이니 때가 되면 알아서 오겠군. 여기서 혼자 지내는 것도 적적할 테고."

"저는 혼자가 좋습니다만."

"난 말이다. 지금이라도 네가 장가를 간다면 적극적으로 응원할 생각이다. 필요한 건 다 해 줄 수도 있어. 나 아직 그 정도 능력은 있다."

탕탕!

유하성은 진산제자가 아니었기에 얼마든지 혼례를 올릴 수 있었다.

그렇기에 명천은 가슴을 두드리며 호언장담했다.

"아직은 생각 없습니다."

"그래. 급할 건 없으니까. 나이 불혹이 스무 살 차이 나는 여인과 혼인하는 녀석들도 부지기수인데. 그렇다고 네가 능력이 없는 것도 아니고. 그러니 너 하고 싶은 대로 하며 살면 된다. 난 그거면 된다. 명운이 역시 그럴 터이고."

막내 사제가 어떤 마음으로 유하성을 키웠을지 그는 듣지 않아도 훤히 보였다.

그러니 명운이 해 주지 못한 걸 그가 대신 해 줄 생각이었다.

"우선은 사부님과 함께하고 싶습니다."

"그래야지. 마지막으로 딱 한 가지만 묻고 가마."

안 그래도 명천 역시 자리를 피해 줄 생각이었다.

원상이나 원호와 이곳에 함께 올 리는 없으니 당연히 혼자 올 거라고 생각했다.

그렇기에 명천은 누군가가 유하성을 반겨 줘야 한다고 생각했다.

사부는 떠났지만 무당산에는 여전히 그를 알고 있는 이가 있다고 보여 주고 싶었다.

"말씀하시죠."

"계속 머물 생각이냐?"

"떠났으면 합니까?"

"그럴 리가. 너 역시 무당의 제자다. 무당은 절대 제자를 버리지 않는다."

"그렇습니까."

유하성의 말투가 묘했다.

미묘하게 가시가 있는 듯 없는 듯 한 대답이었다.

"또한 같은 실수를 두 번 하지 않는다. 그러니 넌 네가 있고 싶은 만큼 있으면 된다. 떠나더라도 나중에 다시 돌아오면 될 일이고. 네가 없더라도 여기는 나나, 사제들이 돌아가며 지킬 테니까."

"그건 좋네요."

"네가 고마워할 건 없다. 이건 당연한 거니까."

명천의 두 눈에 쓸쓸함이 맺혔다.

참회하고 있으나 정작 용서를 해 줄 사람은 없었다.

그게 명천은 너무나 안타까웠다.

"제가 있을 때는 제가 하겠습니다."

"그래야지. 오느라 고생했고, 푹 쉬어라. 내일 다시 오마."

"예."

명천이 몸을 돌렸다.

그러고는 바람같이 사라졌다.

아쉬움과 섭섭함이 가득했던 말투와 행동과는 달리 그는 뒤도 돌아보지 않고 떠났다.

"저 왔어요, 사부님."

명천의 기척이 사라지자 유하성은 봉분 앞에 무릎을 꿇고 는 봇짐을 열었다.

사부님이 좋아했을 물건들을 하나씩 사서는 가져왔던 것이다.

그러면서 지난 일 년 동안 있었던 일들에 대해 이야기하듯 말했다.

서서히 동이 터 오기 시작하는 이른 새벽에 두 개의 그림 자가 산길을 갈랐다.

아직은 사위가 어두운 시각임에도 두 사람의 발걸음에는 거침이 없었다.

이 정도 어둠쯤은 아무것도 아니라는 듯이 성큼성큼 나아
갔던 것이다.

끼이익.

"이렇게 이른 시간에 찾아오실 줄은 몰랐는데요."

"조용히 소개를 시켜 주려면 이 시간대가 딱일 것 같아서
말이다. 허허허."

두 명이 찾아오는 걸 알았다는 듯이 문이 열리며 유하성이
모습을 드러냈다.

그런데 작은 경첩 소리와 함께 나오는 유하성의 모습에 명
천과 함께 온 오십 대 중반으로 보이는 중년인이 믿을 수 없
다는 표정을 지었다.

평범한 두 명도 아니고 한 명은 무당파의 전대 장문인이고
그는 당대 장문인이었다.

아무리 기척을 숨기려 하지 않았다고 하나 두 사람 정도쯤
되면 웬만한 이는 기척을 감지하지 못했다.

한데 유하성은 정확히 알고 있었다는 듯이 딱 처소 앞에
도착할 때 모습을 드러냈다.

"이 녀석이 누군지는 말 안 해도 알겠지?"

"제가 어떻게 알겠습니까?"

"녀석. 딱 보면 알면서."

오늘도 어김없이 까칠한 유하성의 모습에 명천이 헛웃음
을 흘렸다.

그리고 중년인은 믿을 수 없다는 표정을 지었다.

불과 얼마 전까지 무당파의 장문인이자 철혈의 군주로 불렸던 이가 옆에 있는 명천이었다.

그런데 유하성의 타박을 듣고도 가만히 있자 그는 믿기지가 않았다.

"정말 모르겠는데요."

"느끼는 바가 있지 않느냐."

"글쎄요."

유하성은 어깨를 으쓱거렸다.

처음 보는 이를 데려오고선 알지 않겠냐고 물으면 뭐라 할 대답이 없었다.

그저 곤혹스럽기만 할 뿐.

유하성은 그런 표정을 얼굴 가득 담았다.

"에잉! 내 제자다. 당대의 장문인이기도 하지."

"처음 뵙겠습니다, 장문사형."

엎드려 설명하는 듯한 자신의 처지에 명천이 한숨을 연거푸 내쉬었다.

그러나 한동안은 그가 철저한 을일 수밖에 없었다.

"반갑네, 사제. 무율이라고 하네."

유하성의 인사에 넋을 놓고 있던 무율이 정신을 차리며 입을 열었다.

그러고는 새삼스러운 눈빛으로 유하성을 쳐다봤다.

무당면장의 계승자라기에 보통이 아닐 거라고는 생각했었다.

하지만 직접 보니 유하성은 그의 예상에서 상당히 많이 벗어나 있었다.

"어제 이런 말씀은 없었던 걸로 압니다만."

"맞아. 근데 서로 얼굴은 알아야지. 무당의 제자가 장문인의 얼굴도 모르는 게 말이나 되냐? 다른 제자들이야 차차 알아 가면 된다지만 장문인은 다르지. 게다가 너희 둘은 같은 배분인데."

"맞습니다."

무율이 고개를 주억거렸다.

평범한 속가제자라면 모를까 유하성은 무당면장의 계승자였다.

그런 만큼 그가 알아 둘 가치가 충분히 있었다.

"말씀을 들어 보니, 그렇긴 하네요."

"나중에 서로 못 알아보는 것보다는 이렇게라도 내가 소개해 주는 게 나을 것 같아서. 그리고 이 녀석도 알아야지."

명천이 의미심장한 표정을 지었다.

그러자 무율은 물론이고 유하성도 무슨 말이냐는 표정으로 그를 쳐다봤다.

"내가 왜 이렇게까지 하는지에 대해서. 사실 너에 대해서 다 말한 건 아니거든."

"흐음."

"면장까지만 안다."

유하성의 눈썹이 꿈틀거렸다.

지금의 말에서 여러 가지를 짐작할 수 있어서였다.

"왜 그러셨습니까?"

"면장만으로도 충분하니까. 그리고 내가 알고 있는 것으로도 충분하니까."

"그건 또 그러네요."

유하성이 납득했다.

짧지만 이해는 확실하게 되어서였다.

다만 무율만이 어리둥절한 표정을 지었다.

그가 모르는 다른 게 있다는 것만 추측이 가능할 뿐 그 이상은 알 수가 없어서였다.

"무율아."

"예, 사부님."

"나에게 말은 하지 않았지만, 많은 의문이 있을 거라고 생각한다."

"아닙니다."

"아니라면 내가 널 잘못 본 거겠지."

무율이 입을 다물었다.

무언의 긍정이었다.

하지만 그 모습에 명천은 오히려 웃었다.

"네가 품고 있는 그 의문들, 오늘 이 자리에서 대부분 풀릴 것이다. 내가 말해 주는 것보다는 직접 겪어 보는 게 더 확실할 테고. 사실 이미 어느 정도 느꼈을 거라고 생각한다만."

"……그렇긴 합니다."

무율이 무거운 눈빛으로 유하성을 쳐다봤다.

속가제자이지만 단순히 속가제자라고 할 수 없는 인물이 눈앞에 있는 유하성이었다.

평범한 속가제자는 면장을 익힐 수가 없으니까.

차별적인 발언이라고 해도 틀린 말은 아니었으나 냉정하게 말해 그게 현실이었다.

'나의 기척을 잡아내는 이가 절대 평범할 리가 없지.'

속가제자라고 해서 고수가 없는 건 아니었다.

무공의 수준만큼이나 중요한 게 익히는 사람의 자질이었다.

어떻게 익히고, 발전시키느냐에 따라 같은 무공이라 하더라도 수준 차이는 얼마든지 벌어질 수 있었다.

그렇기에 속가제자라고 해서 폄하하지는 않았으나 유하성의 나이를 생각하면 지금의 수준은 좀 믿기 힘들었다.

게다가 유하성은 단순히 무당면장만 수련한 게 아니었다.

돌아가신 사숙님과 함께 연구까지 했기에 그걸 감안하면 더더욱 말이 되지 않았다.

"지금 상황이 이상하게 흘러가는 것 같은데요."

"이상하다니. 난 그저 자리를 마련해 준 것뿐이다. 강요할 생각은 전혀 없어. 결정은 너희 둘이 하는 거지. 내가 하고

武當霸王
무당패왕

싫었던 건 딱 소개까지만이다."

"그렇습니까?"

"물론이지."

의심 가득한 유하성의 눈빛에 명천이 억울하다는 표정을 지었다.

자신은 결코 그런 의도로 이 자리를 만든 게 아니었다.

두 사람에게 서로를 소개시켜 주고 싶었을 뿐이었다.

동시에 당대의 장문인이 유하성을 챙겨 주었으면 좋겠다고 생각했고.

'지금 보니 반대가 될 수도 있겠지만.'

하산하기 전에도 괴물이었던 유하성은 일 년 만에 더 무서운 괴물이 되어서 돌아왔다.

더 큰 세상을 보고 자기 역시 성장했던 것이다.

물론 어느 정도 예상을 하기는 했으나 이 정도일 줄은 몰랐다.

하지만 이 또한 그로서는 나쁘지 않았다.

'밖에서 깨지는 것보다는 안에서 깨지는 게 낫지.'

무율은 무당파의 장문인이지만 유하성 역시 무당의 제자였다.

그리고 향후 무당파를 생각한다면 두 사람의 관계가 긴밀해져서 나쁠 건 없었다.

"거절해도 되네. 나도 강권할 생각은 없네."

장문인에 오르기 전에는 대사형으로서 수많은 사제들을 이끌었던 이가 무율이었다.

그렇기에 무율은 부드러운 목소리로 말했다.

당혹스러운 건 그 역시 마찬가지라는 표정으로 말이다.

더욱이 유하성은 어제 막 본산에 복귀한 상태였기에 오늘은 인사만 해도 충분하다고 생각했다.

"아닙니다. 바쁘실 텐데 군이 또 오시게 만들 필요는 없죠."

"우리는 사형제간 아닌가. 막내 사제 얼굴을 보러 얼마든지 올 수도 있지. 그리고 바쁜 건 사실이지만 얼굴을 보지 못할 정도는 아니라네."

"크흠! 험험!"

조용히 대화를 듣고 있던 명천이 갑자기 헛기침을 했다.

의도를 담아서 한 말은 아니겠으나 괜히 찔려서였다.

무율 역시 뒤늦게 자신의 발언을 깨닫고는 명천에게 고개를 숙였다.

"죄송합니다, 사부님."

"괜찮다. 그런 의미로 한 말이 아니라는 거 아니까. 그리고 나와 같은 실수를 하면 안 되지. 잘 말했다."

"그래도 죄송합니다."

"괜찮다니까. 오히려 난 그런 말을 더 들어야 해. 못난 사형이니까."

명천이 자책하듯 말했다.

武當霸王
무당
패왕

마음 같아서는 지금이라도 명운이 다가와 서운했다고, 왜 오지 않았냐고 큰 소리로 따졌으면 좋겠다고 생각했다.

그럼 대화도 할 수 있고, 사과도 할 수 있을 테니까.

하지만 그건 헛된 바람일 뿐이었다.

"사부님 성격 아시지 않습니까. 이제 그만 자책하셔도 됩니다."

"알지. 너와 함께한 시간만큼이나, 아니 어쩌면 그 이상 함께했던 이가 나다. 마지막 때도 같이 있었고."

명천이 깊은 한숨을 내쉬었다.

후회가 가득 담겨 있는 한숨이었다.

이 한숨에 담긴 감정을 느낀 것인지 무율도 입을 다물었다.

"그러니 이쯤 하시죠."

"내 업보다. 그러니 내 마음대로 할 거다."

"그러시다면야."

유하성이 어깨를 으쓱거렸다.

자신이 저렇게 하겠다는데 그가 말리는 것도 한계가 있었다.

다만 무율은 너무나 스스럼없이 명천을 대하는 유하성의 모습에 놀랐다.

"놀랄 것 없다. 이 녀석은 나한테 이럴 자격이 있으니까. 아마 모든 사제들도 마찬가지고."

"예의는 지킬 겁니다."

"그 말이 더 무서워. 존댓말 하면서 때릴 거 아냐?"

"아니라고는 말 못 하겠네요."

유순했던 명운과 달리 유하성은 성정이 달랐다.

그걸 지난 일 년간의 행적으로 명천은 확실하게 알 수 있었다.

유하성은 명운과는 태생적으로 다르다는 걸 말이다.

어쩌면 어릴 적 고난스러웠던 생활이 지금의 성격을 만들었는지도 몰랐다.

"근데 그걸 구경하는 것도 재미있을 것 같단 말이지."

"사백님의 재미 때문에 그러지는 않을 겁니다."

"그래. 넌 이렇게 까칠한 게 잘 어울려. 이제는 네가 사근사근하게 말하면 소름이 돋을 것 같아."

"참고하겠습니다."

"흘흘흘!"

두 사람의 모습을 보던 무율이 피식 웃었다.

언뜻 보면 티격태격하는 조손지간처럼 보여서였다.

"이제 슬슬 시작하는 게 어떻겠나?"

"그러시죠. 아, 그리고 말씀 편히 하셔도 됩니다, 장문사형."

"알았다."

톡톡 쏘는 어조였으나 그렇다고 버릇이 없지는 않았다.

오히려 정중하게 예의를 지키는 편이었기에 무율은 웃으며 적당한 곳으로 걸음을 옮겼다.

"심판은 내가 봐 주마."

"감사합니다, 사부님."

"이 정도는 해야지. 그리고 겸사겸사 구경도 하고. 사실 하성이가 얼마나 발전했는지 나도 궁금하던 차였거든."

"예?"

무율이 순간 당혹스러운 표정을 지었다.

지금의 발언에서 많은 걸 느낄 수 있어서였다.

그런데 그 반응에 명천이 히죽 웃었다.

"만만하게 보면, 큰코다칠 거다. 장문사형 대접 받고 싶으면 제대로 해야 할 거야."

"으음!"

확신이 서려 있는 사부의 말에 무율의 눈빛이 가라앉았다.

범상치는 않다고 생각했지만 명천이 저렇게 말할 줄은 몰라서였다.

"세상은 넓고, 기인이사는 많은 법이지. 그건 무당 역시 마찬가지니라."

"명심하겠습니다."

"자, 그럼 시작해. 난 더 이상 방해하지 않을 터이니."

명천이 뒷짐을 지고서 물러났다.

이제부터는 둘에게만 맡기겠다는 뜻이었다.

"준비되었나?"

"예."

무투가인 유하성은 따로 준비할 게 없었다.

몸뚱이가 멀쩡하다면 준비는 다 되어 있었다.

그렇기에 무율은 고개를 주억거리며 검을 검집째로 뽑았다.

무당파가 자랑하는 명검이자 사부인 명천이 장문인의 자리에 있을 때 사용하던 검이었다.

스윽.

하지만 그렇기에 무율은 그 검을 내려놓았다.

무당파의 장문인이 아닌, 유하성의 대사형으로서 싸우겠다는 뜻이었다.

턱.

그 뜻을 귀신같이 알아차린 명천이 허공섭물로 건물 안에서 연습용 철검 하나를 꺼내서 건넸다.

연습용 송문고검이라고 하나 날만 세우지 않았을 뿐이지 보통 검과 똑같았다.

게다가 검을 든 이가 무당파의 장문인이기에 날의 유무는 크게 중요하지 않았다.

"본래 쓰시던 검을 쓰셔도 됩니다만."

"아직 익숙하지가 않아서. 오히려 연습용 검이 더 손에 익더라고."

"그럴 수도 있겠네요."

무율이 장문인이 된 건 명천이 장문인직을 내려놓고 나서부터다.

그러니 이제 일 년 좀 더 지났을 뿐이었기에 유하성은 고

무당
폐왕

개를 주억거렸다.

다만 무율 정도 되는 고수에게 병기의 수준 차이가 의미
있을까 싶었다.

자신을 바라보는 눈빛을 보면 봐줄 생각은 전혀 보이지 않
기도 했고.

"시작할까?"

"예."

언제든 시작해도 된다는 듯이 대답하는 유하성의 모습에
무율은 검을 늘어뜨렸다.

그러고는 찬찬히 유하성을 살폈다.

처음 대면했을 때도 특별하다고 생각하긴 했으나 이렇게
마주 보고 있으니 더욱더 유하성이 대단하다고 생각했다.

'무당파의 장문인이라.'

한편 편하게 두 팔을 늘어뜨린 유하성은 묘한 눈으로 무율
을 주시했다.

무당파의 장문인이라는 이름이 주는 무게가 상당할 테지
만 그는 전혀 그걸 느끼지 못했다.

분명 무당파의 장문인은 대단한 자리였다.

아무나 앉을 수 있는 자리가 절대 아니었고.

그러나 옆에 있는 명천이나 검제와 비교하면 아직은 무게
감이 조금 떨어졌다.

분명 무림의 거인인 건 사실이지만 둘과 같은 존재감은 아

니었다.

꾸욱.

그리고 유하성은 장문사형이라고 해서 봐줄 생각이 전혀 없었다.

그럴 자격도 없었고.

그저 최선을 다할 생각이었다.

자신이 익힌 태극권과 복원한 면장과 십단금이 대대로 장문인만 익힐 수 있다는 태극혜검과 어느 정도의 격차가 있는지도 궁금했다.

타앗!

두 주먹을 움켜쥔 유하성이 땅을 박찼다.

그러자 무율 역시 기다렸다는 듯이 검을 찔렀다.

달려드는 유하성의 미간을 향해 정확히 검극을 밀어 넣었던 것이다.

간결하면서도 단순한 일검이지만 그 안에는 수많은 변화가 담겨 있었다.

스르륵!

느릿하게 움직이는 듯했으나 실상은 달랐다.

가히 섬광처럼 쇄도하는 일검에 유하성의 신형이 미끄러지듯이 옆으로 이동했다.

사부와 함께 발전시킨 태극신보를 극성으로 펼친 것이었다.

제19장 패도覇道

휘리릭!

그러나 무율도 만만치 않았다.

이 정도 움직임은 예상 안에 있었다는 듯이 손목을 비트는 것만으로도 검로를 바꿨다.

찌르는 상태에서 유하성의 움직임에 따라 변화를 준 것이었다.

'역시 닮았군.'

묘하게 자신의 움직임과 비슷한 느낌을 풍기는 무율의 검에 유하성이 씨익 웃었다.

검법과 보법이었으나 같은 뿌리를 두어서 그런지 미묘하게 닮은 느낌이 들었다.

물론 그렇다고 해서 만만하다는 건 절대 아니었다.

상대는 다른 이도 아니고 무당파라는 거대 문파의 수장이었다.

쉬이익!

느린 듯하면서도 빠른 일검이 유하성의 전신요혈을 노렸다.

유하성의 태극권과 마찬가지로 묘한 원과 반원을 그리며 쉴 새 없이 그의 빈틈을 파고들었던 것이다.

특히 속도 조절이 기가 막히는 수준이었다.

별다른 무공도 아니고 태극검법을 펼치는데도 원상이나 원호의 검보다 훨씬 까다로웠다.

'그렇지만 상대하지 못할 정도는 아니지.'

괜히 장문인이 아니라는 듯이 무율의 태극검은 격이 달랐다.

태극권과 마찬가지로 무당파의 기본공임에도 위력이 엄청 났던 것이다.

그러나 유하성이 곤란할 정도는 절대 아니었다.

스스슥!

그 사실을 증명하듯 유하성이 급가속 했다.

저돌적으로 무율의 품 안으로 파고들었던 것이다.

권장지각을 사용하는 무투가는 기본적으로 병기를 들고 있는 무인들에 비해 공격할 수 있는 범위가 좁았다.

그렇기에 공격에 성공하기 위해서는 어떻게든 거리를 좁혀야 했다.

반면에 검사나 도객, 혹은 창수 들은 그걸 막아야 했다.

무투가와 마찬가지로 자신만의 간격을 유지해야 유리하게 전투를 치를 수 있어서였다.

그런데 놀랍게도 무율의 선택은 정반대였다.

스윽!

파고드는 유하성을 향해 그 역시 땅을 박차며 달려들었던 것이다.

물론 단순히 접근하는 걸 넘어 검을 휘둘렀다.

쌔애액!

조금의 망설임도 없이 몸을 날리며 휘두르는 무율의 검은 정확히 중단을 베었다.

뒤로 물러나든, 막든, 아니면 허공으로 몸을 띄우든 세 가지 선택지만 강요했다.

어떤 쪽이든 상관없다는 표정으로 말이다.

한데 유하성은 그의 예상에서 벗어나는 선택을 했다.

터엉!

쇄도하는 속도를 전혀 줄이지 않고서 그대로 발을 이용해 무율의 검 면을 걷어찼다.

검객에게 무기는 검 하나뿐이지만 무투가는 달랐다.

두 팔, 두 다리는 물론이고 온몸이 무기였다.

그 이점을 유하성은 십분 활용했다.

후우웅!

하지만 검객이라고 해서 검만 사용해야 한다는 법은 없었다.

주로 익힌 무공이 검공일 뿐 무율도 기본적인 수공과 장공을 익히고는 있었다.

그렇기에 무율은 검의 궤적이 예상했던 것과 다르게 비틀렸어도 당황하지 않았다.

대신 금나수를 펼쳐서 유하성의 오른손을 밀어 냈다.

파파파팡!

현란하게 움직이는 손과 손의 대결에 공기가 터져 나가는 소리가 연신 울려 퍼졌다.

공력을 크게 사용하지는 않았음에도 기본적으로 서려 있는 진기가 상당해서였다.

그런데 놀라운 점은 누구도 우세를 점하지 못한다는 점이었다.

'흐음!'

그 사실을 누구보다 정확히 알고 있는 무율이 믿을 수 없다는 표정을 지었다.

다른 이도 아니고 그의 사부이자 무당검선이라 불리는 명천이 인정한 이였다.

나이 차이가 조금 난다고 하나 배분상으로는 그와 같았고.

그렇기에 평범한 실력은 아닐 거라고 짐작하기는 했으나 이 정도일 줄은 몰랐다.

'태극검으로는 끝이 안 난다.'

겨룬 지 이백 합이 넘었을 때 무율은 확신할 수 있었다.

같은 뿌리를 두고 있는 태극검과 태극권이었기에 서로가 서로에 대해서 너무나 잘 알았다.

그렇기에 장기전으로 간다고 해도 결판이 날 것 같지는 않았다.

그래서 무율은 검법을 바꿨다.

휘이이익!

태극검보다 더 오랫동안 익힌 현허칠성검법을 꺼내 들었던 것이다.

한데 태극검보다 상승의 절학이라 할 수 있는 현허칠성검을 꺼내고도 결과는 전혀 달라지지 않았다.

현허칠성검도 익숙하다는 듯이 유하성이 어렵지 않게 받아 냈던 것이다.

심지어 그가 펼치려는 초식을 전부 다 알고 있었다.

'으음!'

그 모습에서 무율은 한 줄기 불안감이 솟구쳤다.

혹시라는 두 글자와 함께 지금껏 생각지도 못했던 무언가가 떠올라서였다.

그러나 이내 그는 그 생각을 털어 냈다.

지금은 유하성과의 비무에 집중해야 할 때였다.

츠츠츠츠!

그렇게 결심하자 무율의 검초가 더욱 정교해지고 매서워졌다.

공력을 더 끌어올리는 대신에 세밀함에 집중했던 것이다.

하지만 이런 싸움은 유하성도 자신 있었다.

부우우웅.

정확히 검 면만을 후려치고 밀어 버리는 유하성의 방어에도 무율은 당황하지 않았다.

대신 진득하게 자신만의 검을 펼쳤다.

임기응변이나 변초를 섞기보다는 우직하게 자기가 쌓아온 검격을 뿌렸던 것이다.

무당일학(武當一鶴)이라는 별호답게 고고하면서도 우아하며 진중한 검격이 강직하게 유하성의 머리 위로 떨어져 내렸다.

스슥!

검강이 서려 있지는 않았으나 일평생을 검에 매진한 검객이 뿌리는 일검은 그 못지않게 위력적이었다.

남궁수의 검과 비슷하면서도 확연하게 다른 무율의 검에 유하성은 씨익 웃었다.

분명 대단한 건 사실이지만 검제라 불리는 남궁수에 비하면 아직 무율의 검은 덜 여물었다.

따앙! 따아앙!

그것을 느낌과 동시에 유하성 역시 무공을 바꿨다.

면장을 꺼내 들었던 것이다.

"면장이로구나!"

생전 처음 보는 것임에도 무율은 단박에 면장을 알아보았다.

그렇기에 그는 기꺼운 표정을 지었다.

말로는 복원되었다고 많이 들었으나 본 건 처음이었기에 기대하는 표정을 지은 것이었다.

하지만 연이어 이어지는 면장에 그의 얼굴은 시간이 갈수록 굳어져 갔다.

현허칠성검 역시 대단한 검법이었으나 면장과 비교하면 조금 뒤떨어진다는 사실을 알 수 있어서였다.

게다가 성취 역시 큰 차이를 보였다.

'대성에 가까운 수준이다.'

평생을 수련한 만큼 무율의 성취도 역시 결코 낮지 않았다.

대성까지는 아니었으나 그에 준할 정도의 수준은 되었다.

그런데 유하성은 달랐다.

이제 갓 복원했다고는 보기 어려울 정도로 완벽에 가까운 면장을 선보였다.

따다다당!

거기다 면면부절이라는 별명답게 끊임없이 이어지는 연환

공격은 그가 편하게 검을 휘두를 수 없게 했다.

그러자 무율도 호승심이 생겼다.

그래도 자신이 장문사형인데 너무 대등하게 비무가 이어지는 것 같아서였다.

시작하고 지금까지 단 한 번도 우세를 점하지 못했기에 무율은 검병을 더욱 강하게 쥐었다.

'이것까지 사용할 줄은 몰랐는데 말이지.'

처음에는 그저 단순히 서로를 알기 위한 대련이었으나 지금은 달랐다.

장문사형으로서의 위엄을 보여 주기 위해서라도 무율은 한 번 정도는 승기를 잡아야 한다고 생각했다.

꼭 이기기 위해서가 아니라 장문사형으로서 말이다.

아주 조금 혹시나 하는 마음도 있었다.

우우우웅!

결심이 선 것과 동시에 무율의 기세가 달라졌다.

현허칠성검도 특유의 현묘함이 서려 있었는데 지금은 또 달랐다.

더욱 깊고 심오함을 품고 있는 검초가 일순 펼쳐졌다.

태극검과 흡사하면서도 명백하게 다른 검세에 유하성의 입가에 미소가 맺혔다.

'태극혜검(太極慧劍)이로구나.'

처음 보는 것이었지만 유하성은 보자마자 알 수 있었다.

무당파가 자랑하는 검공이자 장문인만이 익힐 수 있다는 태극혜검이라는 것을 말이다.

그래서 동시에 기대가 되었다.

천하제일을 논하는 검공 중 하나인 제왕검형을 겪어 봤기에 태극혜검은 어떨지 궁금했다.

스르르륵.

천하를 진동시키는 검공답지 않게 태극혜검은 요란하지 않았다.

무당산을 닮은 듯이 자연스러웠다.

그러나 그 안에는 천하가 담겨 있었다.

검 한 자루에 천하가 담긴 듯한 모습에 유하성은 감탄하면서도 다시 태극권으로 돌아왔다.

휘이익! 휘익!

방금 전까지만 해도 격렬하게 충돌했던 두 사람은 거짓말처럼 부딪치지 않았다.

공수를 주고받는 건 똑같았으나 충돌은 없었다.

게다가 대련이라는 생각이 들지 않았다.

둘 다 각자만의 무공으로 춤을 추는 듯한 모습에 조용히 지켜보던 명천이 감탄에 감탄을 거듭했다.

'흠!'

반면에 무율의 두 눈은 믿을 수 없다는 듯이 커져 있었다.

사실 그는 태극혜검을 꺼내면 승부를 결정지을 수 있을 거라 생각했다.

다른 무공도 아니고 무당파 제일의 무학이 태극혜검이었다.

천하제일을 논하는 검공이 태극혜검인데 놀랍게도 유하성은 그의 검을 어렵지 않게 받아 내고 있었다.

'점점 익숙해지고 있다.'

거기다 더 놀라운 점은 바로 이 점이었다.

마치 무공을 흡수하듯이 유하성은 빠르게 태극혜검에 적응하고 있었다.

검초를 받아 내면서 태극혜검의 정수를 쪽쪽 빨아먹는 듯한 느낌에 무율은 뒷골이 서늘해졌다.

분명 검의나 무리에 대해서는 전혀 알지 못할 텐데도 묘하게 비슷해져 가는 유하성의 권격에 무율은 순간 하나의 생각이 뇌리를 관통했다.

"그만."

슥! 스슥!

그때 명천이 두 사람을 멈춰 세웠다.

일갈과도 같은 짧고 굵은 한마디에 거짓말처럼 두 사람이 멈췄다.

"이 정도면 충분하다고 생각하는데 말이다. 애초에 승부를 꼭 내야 하는 비무도 아니고."

"알겠습니다."

이어지는 명천의 말에 유하성은 고개를 주억거렸다.

그의 말대로 굳이 승부를 낼 필요는 없었다.

이미 충분히 얻을 걸 다 얻기도 했고.

반면에 무율은 여전히 충격에서 헤어 나오지 못하는 표정이었다.

"내가 말한 대로지?"

"……믿기지가 않습니다."

"그래도 믿어야지. 직접 겨뤄 보기도 했는데."

"가능한 겁니까?"

거의 천여 합을 겨루었음에도 유하성은 호흡 하나 흐트러지지 않았다.

그건 무율 역시 마찬가지였으나 그가 놀란 건 다른 점이었다.

"되니까 네가 그리 느낀 거겠지?"

"정말, 정말로 태극권만 익힌 게 맞습니까?"

"맞아. 너도 느꼈을 텐데? 저 녀석의 태극권이 비슷하지만 묘하게 다르다는 사실을. 그리고 태극권에서 면장을 뽑아냈는데 태극혜검이라고 크게 다를 게 있겠어? 태극혜검의 뿌리가 태극권인데."

"……."

무율이 입을 다물었다.

얼마나 놀랐는지 그는 비무가 끝났음에도 검을 내려놓지

못하고 있었다.

"게다가 저놈, 전력을 다하지 않았어. 너와 마찬가지로 말이지."

"그건 알고 있습니다."

"쉽지 않을 거야. 흘흘!"

명천이 의미심장하게 웃었다.

자신의 제자가 유하성을 질투하거나 시기하지 않을 것임을 잘 알아서였다.

물론 부러워할 수는 있겠으나 무율의 품성은 무당일학이라는 별호가 잘 말해 주었다.

지금껏 문제 있던 사제들도 잘 보듬어 안았고 말이다.

"이곳에 오길, 정말 잘한 것 같습니다."

"네가 장문인이라면, 저 녀석은 속가장문인이라고 해도 과언이 아니지."

"맞습니다."

배분도 모자라지 않을뿐더러 실력은 두말할 필요가 없었다.

만약 서로 전력을 다해 부딪쳤다면 승리를 자신하기 힘들었다.

"절 너무 띄워 주시는 것 같습니다."

"그렇다고 내가 헛말을 하는 건 아니잖아?"

"한 수 잘 배웠습니다, 장문사형."

명천의 말을 무시하며 유하성이 무율을 향해 고개를 꾸벅 숙였다.

그러자 무율이 큰형 같은 미소를 지었다.

"그 말은 내가 해야 할 거 같은데? 나야말로 정말 많이 배웠어. 개안도 하고. 태극권을 그렇게 풀어 가는 것도 그렇고, 면장도 그렇고."

특히 면장이 부활했다는 사실이 무율은 더없이 행복했다.

더불어 그동안 유하성과 돌아가신 사숙님이 얼마나 고생했을지도 알 수 있었다.

"이러지 말고 안으로 들어가자고. 차나 한잔하면서. 하성이 넌 나한테 할 말도 있지 않느냐?"

"그러시죠."

명천의 말에 유하성이 고개를 주억거리며 몸을 돌렸다.

그 뒤로 명천과 무율이 따랐다.

또르륵.

유하성이 따라 주는 차를 명천은 천천히 들이켰다.

뜨끈한 차가 몸 안에 들어가자 순간적으로 노곤해졌다.

온몸이 풀어지는 느낌이라고나 할까.

비싸거나 고급 차는 아니지만 무당산에서 난 것이었기에 더없이 맛있었다.

"차 우리는 실력이 많이 늘었어."

"지난 일 년간 보고 배운 게 많으니까요."

"암. 아주 좋은 경험이지. 근데 넌 안 바쁘냐?"

"이왕 왔는데 사제와 대화를 좀 나누어야 하지 않겠습니까? 업무는 잠자는 시간을 줄이면 됩니다."

유하성과 명천을 따라 건물 안으로 들어온 무율이 씨익 웃으며 대답했다.

그 모습에 명천이 피식 웃었다.

"너무 자주 찾아오지는 말고. 이 녀석 귀찮은 걸 싫어하는 성격이라."

"귀찮게 만드는 사람을 좋아하는 사람은 없지 않습니까?"

"한마디도 안 진다니까."

면박을 주는 말에도 명천은 꿈쩍도 안 했다.

이제는 내성이 생겨서 웬만한 말은 서운하지도 않았다.

"사부님의 이런 모습은 처음인 것 같습니다."

"얘한테만 이렇게 당하는 거야. 지은 죄가 있어서."

"개인적으로 저는 보기 좋은 것 같습니다. 조손지간처럼 보이기도 하고, 인간적으로 보이기도 해서요."

"언제는 내가 인간적이지 않다는 투로 들린다?"

명천이 눈썹을 꿈틀거렸다.

그런데 무율은 어색하게 웃기만 할 뿐 아니라고 대답하지는 않았다.

"다 뿌린 대로 거두는 법입니다."

"어째 그 말을 매번 듣는 거 같은데?"

"착각이실 겁니다."

"흐음. 그보다 당분간은 이곳에 머물 거지?"

"예."

찻잔을 들어 올리며 유하성이 대답했다.

앞에 있는 두 사람이 떠나라고 하면 떠나야 하겠지만 다행히 그럴 일은 없을 듯했다.

새로이 장문인이 된 무율 역시 소문대로 대범한 성격인 듯했고.

"잘 생각했다. 결혼하기 전까지는 쭉 머물러. 그냥 도사처럼 살아도 되고. 너 하고 싶은 대로 하면 된다. 내 도움이 필요하면 언제든지 도와줄 수도 있고."

"나도 마찬가지다. 무당은 제자를 밀어내지 않는다. 앞으로는 더더욱 그럴 것이고."

"감사합니다."

기다렸다는 듯이 말을 이어받는 무율의 모습에 명천이 아주 흡족한 미소를 머금었다.

그의 마음에 쏙 드는 말을 내뱉어서였다.

"태극혜검은 어땠나?"

"훌륭했습니다."

"검이, 아니면 내가?"

"둘 다 빼어났습니다."

"펼칠 수 있을 것 같아?"

무율이 눈을 반짝였다.

태극혜검을 그리 오래 펼친 건 아니었으나 그는 분명히 느꼈었다.

유하성이 태극혜검을 보고 빠르게 흡수하던 걸 말이다.

"글쎄요."

"아니라고 말하지 않는 걸 보니 가능하겠구먼."

"그게 쉽게 되겠습니까. 될 가능성보다는 안 될 가능성이 더 크죠."

"하긴. 연구는 할 수 있으니까. 다른 방식으로 새로운 무공을 만들어 낼 수도 있고."

지금은 태극혜검이 무당파 최고의 무공이지만 앞으로도 그럴 거라고는 장담할 수 없었다.

현재 유하성이 펼친 면장만 하더라도 태극혜검 말고는 더 뛰어나다고 장담할 수 있는 무공이 얼마 없었다.

"앞으로 어떻게 지낼 생각이냐?"

"우선 사부님의 기일을 잘 보내고, 연구를 계속할까 합니다. 무공 수련도 꾸준히 하고요. 이번 강호유람에서 많은 걸 느끼기도 했고요."

"좋지."

"또 면장도 남겨야 하고."

"그건 오로지 네 결정에 맡길 거니까 걱정하지 말고."

면장과 십단금은 무당의 보물이었다.

武當霸王
무당
폐왕

그러나 잃어버린 두 무공을 복원한 건 명운과 유하성이었다.

때문에 명천은 독촉할 생각이 전혀 없었다.

옆에 앉아 있던 무율 역시 같은 생각이라는 듯이 고개를 주억거렸다.

"감사합니다."

"우리야말로 감사하지. 소실된 무공을 복원해 주었으니까."

"맞습니다."

힘 있게 고개를 끄덕인 무율은 필요한 게 있으면 언제라도 말만 하라는 듯한 표정으로 유하성을 쳐다봤다.

그러면서 면장과 태극권에 대해 조심스럽게 물었다.

어떻게 그런 방식으로 발전시켰는지, 혹은 복원하는 방향을 어떻게 잡았는지에 대해서 말이다.

명천 역시 자세하게 설명을 들은 적은 없기에 귀를 기울였다.

이제는 습관이 된 새벽 수련을 마치기 무섭게 원상은 거처를 나서야 했다.

장로 중 한 명인 무요가 그를 호출해서였다.

"앉거라."

"안녕하십니까."

무요의 처소는 그리 먼 곳에 위치해 있지 않았기에 원상은 금방 도착할 수 있었다.

막 식사를 끝내고 차를 마시던 중이었는지 탁자 위에는 두 개의 찻잔이 놓여 있었는데 그중에 비어 있던 잔에 무요가 차를 따라 주었다.

"새벽부터 수련이라니. 너무 열심히 하는 거 아니냐?"

"무인으로서 당연히 해야 할 일을 하는 것뿐입니다."

"흐음. 그래?"

무요가 묘한 표정을 지었다.

그가 알고 있는 원상과는 미묘하게 다른 느낌이 들어서였다.

하지만 지금의 원상은 한창 성장하고 발전할 시기이기에 무요는 그러려니 했다.

원상의 변화가 그리 중요하지 않기도 했고.

"무슨 일로 부르신 겁니까?"

"오랜만에 만났는데 너무 본론으로 일찍 들어가려고 하는 거 아니냐?"

"장로님께서 바쁘신 걸 아니까요."

"그렇게까지 바쁘지 않다. 바쁜 사람들은 따로 있지."

"그렇습니까."

원상이 묘한 미소를 머금었다.

장문인 못지않게 바쁜 하루하루를 보낸다는 걸 너무나 잘 알아서였다.

그러나 굳이 그 말을 꺼낼 필요는 없었다.

"내 너를 부른 건 몇 가지 궁금한 게 있어서다."

"저에게 말씀이십니까?"

"그래. 원호도 함께 갔지만, 너도 알지 않느냐? 원호에게서 들을 수 있는 말이 그리 많지 않다는 것을."

"부정하지 못하겠네요."

원상이 고개를 작게 주억거렸다.

하지만 차분한 겉모습과 달리 그의 머리는 빠르게 회전하고 있었다.

무요가 무엇 때문에 자신을 불렀는지 추측하기 위해서였다.

"우리만 아니라 다들 알고 있을걸?"

"본인만 모르겠죠."

"허허허. 맞다."

무요가 너털웃음을 터트렸다.

그러나 원상에 향해 있는 두 눈만큼은 웃고 있지 않았다.

"무엇이든 편히 물어보시죠, 장로님."

"일 년 동안 유하성이라는 아이와 함께 지내지 않았더냐."

"맞습니다."

"혹 전수받은 게 있느냐?"

차를 들이켜며 무요가 물었다.

지나가는 듯한 어투로 말이다.

하지만 원상은 그 안에 담긴 저의를 단번에 알아차렸다.

"면장 말씀이십니까?"

"그래. 당대의 계승자가 아니더냐. 그 아이가. 소실된 무
공을 복원한 건 분명 좋은 일이고, 대단한 일이기는 하나 무
당의 장로로서 걱정이 되어서 말이다."

"또다시 잃을까 봐 그러시는 겁니까?"

"그래."

무요가 고개를 끄덕였다.

가까스로 복원한 무공이 면장이었다.

물론 아직 그가 직접 무당면장을 확인하지는 못했다고 하
나 전대 장문인인 명천이 봤다고 하니 거짓은 아닐 터였다.

그러니 그는 빠른 시일 내에 유하성이 알고 있는 면장을
비급으로 남기든지, 아니면 다른 제자에게 전수해야 한다고
생각했다.

"그 부분은 걱정하지 않으셔도 될 것 같습니다."

"무공 실력이 제법이라지? 원호가 껌뻑 죽을 정도로?"

"저도 자세히는 모릅니다. 그저 짐작만 할 뿐이지요."

"후개와 비슷한 수준이라고만 해도, 대단하지."

무요가 짐짓 칭찬하듯 말했다.

武當霸王
무당
패왕

그런데 그 말투와 표정이 원상은 순수하게 다가오지 않았다.

　"저도 그렇게 생각합니다."

　"어쨌든 너나 원호나 배운 게 없다는 거지?"

　"면장에 한해서는 그렇습니다."

　"흐음. 이상하단 말이야. 굳이 그렇게 꼭꼭 숨겨 둘 이유가 없는데. 다 같은 제자인데 말이지."

　무요가 그리 말하며 은근슬쩍 원상을 훔쳐봤다.

　그러나 원상은 시종일관 무표정을 유지했다.

　그가 바란 서운한 기색을 일절 보이지 않았던 것이다.

　"언젠가는 전수하시지 않겠습니까. 사숙도 면장의 맥이 끊기는 걸 원하시진 않으실 테니까요."

　"그렇긴 한데, 이왕이면 서두르는 게 좋지 않을까 싶다는 거지. 어떻게 복원한 무공인데 또다시 잃게 된다면 또 얼마나 많은 이들이 희생해야 하겠느냐."

　무요가 짐짓 안타깝다는 듯이 말했다.

　하지만 신기하게도 그에게서 진심이 느껴지지는 않았다.

　대신 다른 감정이 느껴졌다.

　"그렇게 되지는 않을 겁니다."

　"이것도 물어볼 겸 이번 강호행에 대해서 이야기도 들어보려고 불렀단다."

　"그렇습니까."

무요가 말을 이었다.

그러나 원상이 느끼기에는 구색을 맞추려는 느낌이 강했다.

억지로 끼워 맞춘 듯한 느낌이 강했기에 원상도 크게 집중하지 않았다.

대신 다른 생각을 했다.

'혹시 그럴 리는 없겠지.'

면장에 대한 이야기를 꺼낸 순간부터 원상은 무요의 속내를 짐작했다.

도사도 사람이었다.

그리고 사람인 이상 욕망에서 완벽히 벗어날 수는 없었다.

만약 그게 가능했다면 성인은 수도 없이 많았을 터였다.

'문제는 내 선을 넘었다는 거다.'

원상이 일대제자라고 하나 무요는 당대 무당파의 장로였다.

배분상으로는 감히 그가 어찌할 수 있는 존재가 아니었다.

같은 무자배의 장로가 나서지 않는 이상 이 사태를 원만하게 해결하기는 힘들 것이었다.

그런데 거기까지 생각이 닿았음에도 원상은 딱히 걱정하지 않았다.

'충돌하면 둘 중 하나는 무조건 부서지겠지만, 그게 유 사숙님일 것 같지는 않네.'

무요도 장로들 중에서는 상당히 강한 축에 들어가는 장로였으나 원상은 유하성이 질 것 같다는 생각은 들지 않았다.

더욱이 유하성은 그와 달리 배분으로도 밀리지 않았다.

"이왕이면 말이 잘 통했으면 좋겠는데 말이다."

"서로 양보하고 배려한다면, 가능하지 않겠습니까."

"그러니까."

무요가 입맛을 다셨다.

안에 담긴 저의는 전혀 눈치채지 못하고서 말이다.

대신 무슨 생각을 하는지 연신 히죽 웃었다.

무율이 돌아가고 유하성은 명천과 함께 처소를 나섰다.

미뤄 두었던 일을 해결하기 위해서였다.

"제가 함께 가도 되는지 모르겠습니다."

"당연히 네가 가야지. 대청표국과 관계된 일인데."

"사백께서 알고 계실 줄은 몰랐습니다."

"이제는 뒷방 늙은이이지 않더냐. 남아도는 게 시간이다."

명천이 피식 웃었다.

장문인일 때는 정말 눈 코 뜰 새 없이 바빴는데 그 자리를 내려놓으니 진짜 한량이 되었다.

근데 그게 싫지는 않았다.

누구보다 바쁘게 살았기에 지금의 여유가 너무나 감사했다.

"그럼 후학 양성에 힘쓰시는 것도 나쁘지 않을 것 같습니다."

"안 그래도 아이들 많이 둘러보고 있다. 아이들의 열정에 자극도 받고 있고. 그리고 실수는 한 번이면 족하니까."

"참회는 이제 충분히 하신 것 같습니다만."

"글쎄다. 아직 먼 것 같기도 하고."

뒷짐을 지고서 이동하던 명천이 씁쓸한 기색으로 중얼거렸다.

유하성은 충분하다고 했지만 그는 죽을 때까지 지금의 이 감정을 잊지 못할 것 같았다.

"사부님께서 원치 않으실 겁니다."

"그럴 테지. 명운이는 그런 아이니까. 다만 좀 의외인 건 네가 그런 명운이의 장점을 전혀 물려받지 않았다는 거고."

"똑같은 사람은 없는 법이니까요."

"후후!"

"사, 사백님!"

이런저런 대화를 하며 이동하던 두 사람이 하나의 전각 앞에 도착했다.

그러자 삼 층 전각 안에서 후덕한 인상의 중년인이 헐레벌떡 뛰어왔다.

아직 한여름도 아니건만 얼굴에서 땀을 흠뻑 흘리면서 말이다.

"천천히 나와도 된다."

"여긴 어쩐 일이신지요?"

"금청당주인 너에게 물어볼 게 있어서 말이다."

"일단 들어오시죠."

"그래."

무당파의 재정을 관리하는 금청당(金靑堂)으로 명천이 휘적휘적 걸어 들어갔다.

그리고 그 뒤로 유하성이 조용히 따라갔다.

"앉으시지요."

"뭔, 땀을 그리 흘려?"

"하하. 제가 원래 땀이 많은 체질이지 않습니까."

"찔리는 게 있는 건 아니고?"

"에이. 저는 지금껏 살아오면서 죄지은 적 없습니다. 욕심이 있어야 죄도 짓는데 저는 욕심이 없지 않습니까."

무송의 말에 명천이 피식 웃었다.

누구보다 욕심이 없다는 것은 그도 잘 알고 있어서였다.

그래서 금청당을 맡긴 것이기도 했고.

"너무 욕심이 없어도 문제야."

"저는 사문을 위해 일할 수 있다는 것만으로도 행복합니다. 나름 장로이기도 하고요. 힘은 없는 장로지만요."

"네가 왜 힘이 없어. 무당파의 재정을 다 관리하는데."

"하하. 그리 말씀해 주셔서 감사합니다. 아차차. 차부터 드렸어야 했는데."

"천천히 해, 천천히. 난 이제 급한 게 없어."

익숙하게 한자리를 차지하고 앉는 명천과 달리 유하성은 금청당이 처음이었기에 주변을 찬찬히 둘러봤다.

무당산에서 거의 대부분의 삶을 살았으나 금청당에 올 일은 없었다.

그래서인지 유하성은 내부의 모습이 신기했다.

"금청당은 처음이겠구나."

"예."

"의외로 제자들이 많지?"

"다들 열심히 하는 것 같습니다."

"본 파는 무인들로만 움직이는 게 아니니까."

명천이 자부심 가득한 표정을 지었다.

비록 무위는 다른 제자들에 비해 떨어질지 모르나 이들이 하는 일은 결코 하찮지 않았다.

오히려 보이지 않는 곳에서 다른 제자들을 받쳐 주는 이들이 있기에 지금의 명천과 무율, 그리고 강호에 이름이 널리 알려진 무인들이 존재하는 것이었다.

"어떻게 보면 사부님과도 비슷한 것 같습니다."

"맞아. 보이지 않는 곳에서 다들 자신의 소임을 다하고 있

武當霸王
무당
패왕

으니까.”

“여기 있습니다. 이쪽은 요즘에 유명한 막내 사제인 모양이네요?”

“꼭 어리다고 사제인 법은 아니니, 사형일 수도 있겠지?”

건네주는 찻잔을 받으며 명천이 장난스럽게 웃었다.

그러나 무송은 웃으며 손을 저었다.

“에이. 저도 다 알아봤습니다. 입산 시기가 저보다 조금 늦던데요. 아마 무 자 돌림들은 다 알아봤을 겁니다.”

“쯧쯧! 어떻게든 사형으로 모시긴 싫다 이거지?”

“하하하. 이왕이면 사제가 낫지 않겠습니까. 나이 많은 사제라면 좀 불편하겠지만, 그래도 이왕이면 사제가 낫죠.”

무송이 넉살 좋게 웃었다.

말은 이렇게 했지만 만약 유하성의 입산이 더 빨랐다면 그는 군말 없이 사형으로 모셨을 터였다.

더욱이 무당면장의 당대 계승자이지 않던가.

무당파의 제자로서 유하성은 더없이 소중한 존재였다.

“여전히 쓸데없이 솔직하구나.”

“제 장점이지 않습니까. 그런데 여기까지 어쩐 일이십니까?”

“왜? 오랜만에 찾아왔다고 너도 타박하는 게냐?”

“그럴 리가요. 전 언제나 환영합니다. 매일 똑같은 얼굴들만 보니 질리기도 하고요. 편하기도 하지만 가끔은 변화가 필요한 법이죠.”

“그 변화가 몸에도 필요할 것 같은데 말이지.”

명천의 시선이 무송을 위아래로 훑었다.

그러자 무송이 어색하게 웃었다.

굳이 저렇게 쳐다보지 않아도 그 역시 잘 알고 있었다.

“수, 수련은 그래도 꾸준히 하고 있습니다.”

“그래야지. 무당의 제자라면 말이야. 근데 어째 날이 갈수록 수련에 할애하는 시간이 짧아지는 것 같다?”

“바, 바빠서 그렇습니다. 인원은 한정적인데 일은 늘 많으니까요.”

“정말, 맞아?”

명천의 눈빛이 달라졌다.

동시에 무송이 자세를 바로 했다.

순식간에 달라진 분위기에 몸이 절로 반응한 것이었다.

“무엇이 말입니까?”

“정말 바쁜 거 맞냐고. 일 제대로 하는 거 맞아?”

매서운 눈빛으로 명천이 무송을 응시했다.

그 시선에 무송이 마른침을 삼켰다.

“늘 그렇듯이, 최선을 다하고 있습니다.”

“본산으로 오는 후원금과 기부금을 몰래 빼돌리는 이가 있던데.”

“예?!”

무송의 작은 두 눈이 최대한도로 커졌다.

그 정도로 놀란 것이었다.

더불어 그의 얼굴은 물론이고 목에서 땀이 폭포수처럼 흘러나오기 시작했다.

스윽. 스윽.

그걸 누구보다 잘 알았기에 무송은 황급히 품 안에서 자그마한 무명천을 꺼내 연신 얼굴과 목덜미를 닦았다.

하지만 충격적인 말을 들어서인지 땀은 좀처럼 멈출 기미를 보이지 않았다.

"내가 장문인직을 무율에게 넘겼다지만 그래도 전대 장문인이다. 허튼 말은 하지 않아. 다 알아보고 왔다."

툭.

말을 마친 명천이 품속에서 작은 책자 하나를 꺼내서 내려놓았다.

그러고는 확인해 보라는 듯이 눈짓했다.

그 모습에 무송이 다시 한번 마른침을 삼키며 부들부들 떨리는 손으로 책자를 집어 빠르게 확인했다.

후르릅.

반면에 명천은 한껏 여유로운 자세로 차를 들이켰다.

이 사달을 일으킨 이답지 않게 말이다.

"이중장부인 것 같습니다."

"내 생각도 그래."

"……어디까지 생각하십니까?"

매일 장부와 씨름하는 게 무송의 일이었다.

그렇기에 무송은 보는 순간 알았다.

어디에서, 어떻게, 그리고 누가 착복했는지에 대해서 말이다.

"다행히 너는 연관이 없더구나."

"저는 하늘을 우러러 한 점 부끄럼이 없습니다."

"알지. 나도 널 의심한 적은 없었어. 무자배 제자들 중에 무율 다음으로 내가 신뢰하는 게 너다. 그렇기에 금청당을 맡긴 것이었고."

"……죄송합니다."

"금청당주로서 네 잘못이 아예 없다고는 볼 수 없지. 금청당에서 일어난 일을 네가 모른다는 것 자체가 문제이니까."

무송이 고개를 숙였다.

그가 관여하지는 않았다고 하나 상황이 이 지경이 될 때까지 몰랐다는 것 자체가 문제였다.

물론 변명의 여지는 있었다.

부당주가 마음먹고 조작을 했으니 그로서는 알기가 힘들 수밖에 없었다.

"그거면 되었다. 네 업무가 얼마나 힘든지 나도 아니까. 그러나 이번 일은 그냥 넘어갈 수 없다."

"당연히 그래야 한다고 생각합니다."

"싹 다 날릴 거다. 징계 또한 엄격하게 내릴 것이고. 죄를 저질렀으면 대가를 치르는 게 당연한 법. 직책에 상관없이."

"알겠습니다. 그리 알고 진행하겠습니다."

반론의 여지가 없는 부정이었기에 무송도 반대하지 않았다.

지금까지 빼돌린 금액은 사실 그리 크지 않았다.

하지만 중요한 건 앞으로 금액이 점점 더 커질 거라는 사실이었다.

그리고 속가제자들과 인연이 있는 사람들이 보낸 소중한 돈이었기에 무송은 금청당주로서 절대 좌시할 수 없었다.

"따지는 이가 있으면 나한테 오라고 해. 무율에게 갈 것도 없어. 간다고 해도 달라질 것도 없고."

"그리하겠습니다."

"전부 다 잡아 와. 집법당까지 갈 것도 없다. 증거가 명백하니 바로 징계를 내릴 것이야."

"예."

"다시는 이런 일이 없도록 해야 할 것이야."

"명심하겠습니다."

딱딱하게 굳은 얼굴로 무송이 몇몇 당원들을 손짓해서 호출했다.

금청당에서도 특히 더 믿을 수 있는 제자들이었다.

또한 이번 사태와 관련이 없는 제자들이기도 했다.

"정리되면 나에게 보고하도록."

"예."

"가자."

조용히 두 사람의 대화를 듣고 있던 유하성이 자리에서 일어났다.

폭풍과도 같은 시간이었으나 이상하게 그에게는 크게 와닿지 않았다.

그저 대청표국은 물론이고 다른 곳들이 이와 같은 부당한 대우를 받지 않았으면 싶었다.

"추후 다시는 이런 일이 발생하지 않게 할 생각이다."

"알겠습니다."

"더 할 말은 없고?"

"고생하셨습니다."

"후후후!"

짧은 한마디였으나 명천에게는 더없이 기분 좋은 말이었다.

게다가 무당파의 입장에서도 좋은 일이었다.

자고로 바늘 도둑이 소도둑 된다고 했었다.

어떻게 보면 더 크게 빼돌리기 전에 잘 잡은 꼴이었다.

"근데 문득 이런 생각이 드네요. 만약 제가 면장의 계승자가 아니라면 이렇게까지 하셨을까요?"

"당연하지. 그건 중요치 않아. 부당한 대우를 받은 이가

있다는 게, 그리고 사문의 재산을 개인적으로 빼돌린 이가
있다는 것이 중요하지."

"그렇습니까."

"틀린 건 바로잡아야 하는 법이니까."

명천이 단호하게 말했다.

그러면서 그는 유하성의 눈치를 살폈다.

어째서 유하성이 이런 말을 했는지 알고 있어서였다.

한데 유하성은 표정 변화가 없이 묵묵히 걸어가기만 했다.

오전 내내 바쁜 일정을 소화했음에도 유하성은 쉴 수가 없
었다.

정오가 지나기 무섭게 새로운 손님이 찾아와서였다.

오늘 오겠다던 원상과 원호 대신 처음 보는 장년의 도인
두 명이 연락도 없이 그를 찾아왔다.

"흠흠!"

"누구십니까?"

딱 봐도 무자배의 장로들로 보였으나 유하성은 짐짓 모른
척 물었다.

실제로 초면이기도 했고.

"사제가 왔다기에 인사를 나눌 겸 왔네. 무당산에 왔다는

소식을 들었는데 모른 척하는 것도 예의가 아닌 것 같아서. 아, 난 무정이라고 하네. 여기 이분은 무요 사형이시고."

"반갑네."

무요가 부드럽게 웃으며 입을 열었다.

그러나 유하성은 친근한 그의 인사에도 담담히 묵례만 했다.

"비슷한 또래만 봐서 그런가. 어린 사제가 어색하구먼. 허허허!"

묘하게 경직된 분위기를 풀어 보고자 무정이 어색하게 웃었다.

하지만 그의 노력에도 무겁게 내려앉은 분위기는 좀처럼 풀리지 않았다.

그런 상황에 무정의 얼굴이 살짝 굳어지려 할 때 무요가 입을 열었다.

"이렇게 밖에 세워 둘 건가?"

"들어오시죠."

잠시 무요와 시선을 마주하던 유하성이 몸을 돌렸다.

차 한잔 내어 주는 게 그리 어려운 일은 아니어서였다.

뜬금없이 찾아온 이유도 궁금했고.

"아담하네."

"둘이 지내기에 딱 적당한 크기야."

유하성을 따라 안으로 들어온 두 사람은 실내를 찬찬히 살폈다.

그러나 딱히 특별한 건 없었다.

전대 장로의 처소라고 하기에는 지나치게 간소한 모습에 둘은 이내 의자에 앉았다.

그마저도 의자가 둘뿐이라 유하성은 침상에 앉아야 했다.

"드시죠."

처음 보는 사형들이라고 해도 지나칠 정도로 무미건조한 유하성의 태도에 무정이 눈살을 찌푸렸다.

어떤 생활을 해 왔는지는 모르나 그래도 도가 지나치다고 생각해서였다.

살갑게 대하지는 않을 거라 예상을 하긴 했으나 그래도 심하다는 생각이 들었다.

"처소를 옮길 생각은 없나?"

"예."

"옮길 수 있는데도?"

"사부님과의 추억이 서려 있는 곳입니다. 그리고 제가 한적한 걸 좋아해서요."

"그런가."

무요가 고개를 주억거렸다.

당사자가 싫다는데 좋은 거처를 주는 것도 모양새가 좋지 않았다.

"그보다 무슨 일이십니까? 단순히 인사하려고 오셨을 리는 없고."

"다짜고짜 본론인가?"

"두 분 다 바쁘신 분들이지 않습니까?"

"응? 우리에 대해 알고 있나?"

잠자코 있던 무정이 고개를 갸웃거렸다.

어째 말투가 자신들에 대해 알고 있는 듯해서였다.

"장로님들이시지 않습니까."

"사제도 그에 준하는 신분이네."

"그렇습니까."

무요의 말에도 유하성의 표정은 변함이 없었다.

그저 차분하게 차만 들이켰다.

"흠흠! 갑자기 찾아와서 당황했을 거라 생각하네. 그런데 사제가 아는 사람이 얼마 없지 않나? 원래대로라면 사제가 먼저 인사를 오는 게 맞지만 여러모로 눈치를 볼 수밖에 없을 것 같아서 우리가 먼저 왔네. 그래도 안면을 트면 다른 사형제들과는 인사하기 편하지 않겠나? 앞으로 자주 볼 얼굴들이기도 하고."

"그렇긴 하지요."

유하성이 고개를 주억거렸다.

언젠가는 떠나겠지만 그게 지금은 아니었다.

어쩌면 이곳에서 평생 머물 수도 있었고.

그러니 안면을 트는 것도 필요하기는 했다.

"개인적으로 사제에게 묻고 싶은 것도 있고 해서 이렇게 왔다네."

"말씀하시죠."

"면장에 대해서 대화를 나누고 싶네."

유하성의 눈썹이 일순 꿈틀거렸다.

혹시나 했는데 역시나였다.

그러나 유하성은 빠르게 신색을 회복했다.

"면장에 대해서 말입니까?"

"그렇다네. 현재 면장을 익히고 있는 건 자네뿐이지 않나."

"그렇습니다."

"그래서 우리로서는 염려가 될 수밖에 없다네."

"만약에 자네가 잘못된다면, 면장은 다시 사장되는 것이지 않나."

무정이 자연스럽게 대화에 참여했다.

사형의 말에 힘을 실어 주었던 것이다.

하지만 둘의 말에도 유하성의 표정은 변화가 없었다.

"그럴 수도 있지요."

"해서 면장에 대한 작업이 어느 정도까지 되어 있나 물어보고 싶어 찾아왔다네. 물론 가장 큰 이유는 인사이지만."

무요가 인자하게 웃었다.

다른 뜻은 전혀 없다는 듯이 말이다.

그러나 유하성에게는 그 미소가 절대 순수해 보이지 않았다.

"비급을 말씀하시는 겁니까?"

"맞네. 원상에게 물어보니 둘에게 따로 전수하지는 않았다고 하더군."

"예."

"둘 다 검객이니 면장을 꼭 배울 필요는 없지. 검을 보조하는 정도로는 이미 다른 무공들이 많이 있기도 하고. 하지만 면장은 다르지. 예로부터 무당을 대표하는 절학이지 않나."

무요가 은근한 어조로 말했다.

추켜세워 주면서 비급의 유무를 파악하려는 것이었다.

"그렇긴 하지요."

"혹시나 하여 물어보는 건데, 만들어 두었나? 구전으로 전수하는 방법도 있지만 그래도 후대를 위해서 비급으로 남겨 놓아야 하지 않겠나?"

"아직은 만들지 않았습니다."

"어째서?"

무요가 눈썹을 꿈틀거렸다.

그리고 그건 옆에 앉아 있던 무정도 마찬가지였다.

무당파의 보물이나 마찬가지인 면장을 비급으로 남겨 두지 않은 게 이해가 되지 않아서였다.

무당
폐왕

어떻게 복원한 무공인데 너무 무책임하다는 생각이 들었다.

"때가 되면 만들 생각입니다."

"그때가 대체 언제인가? 만약의 사태를 생각해서 지금이라도 부지런히 작업해 놓아야 하지 않겠나? 주석이나 심득은 차차 추가하면 될 일이고."

무요가 은근히 자신의 생각을 강요했다.

짐짓 무당파의 재산인 면장이 걱정된다는 투로 말이다.

물론 무요의 말도 일리는 있었다.

계승자인 유하성이 비명횡사라도 한다면 면장은 다시 역사 속으로 사라지는 것이나 마찬가지였으니까.

"적당한 시기에 작업해 둘 생각입니다."

"허어. 유비무환이라고 했네. 미리미리 준비를 해 놓아야 나중에 후회를 안 하지 않겠나? 무엇이든지 미리 대비해 놓는 게 필요한 법이네!"

무정의 목소리가 높아졌다.

그러나 그의 격앙된 목소리에도 유하성은 담담한 신색으로 무정을 지그시 바라보기만 했다.

"걱정해 주시는 건 감사합니다. 하지만 지금 당장 작업할 생각은 없습니다."

"이 사람이!"

무정이 호통치듯 소리쳤다.

답답해도 너무 답답해서였다.

이 정도면 말귀를 알아들을 법도 한데 그렇지 않자 무정은 결국 큰소리를 질렀다.

좋게 잘 풀렸으면 좋았겠으나 상황을 보아하니 쉽게는 안 될 것 같아서였다.

"혹시 면장이 탐나시는 겁니까?"

"무슨 말을 해도 그렇게 하나! 우리는 그저 자네와 면장이 걱정되어서 하는 말일세!"

무정의 얼굴이 붉어졌다.

윽박지르듯이 크게 소리쳤던 것이다.

그런데 옆에 있던 무요는 말릴 기색을 보이지 않았다.

대신 알아서 맡긴다는 듯이 여유롭게 차만 홀짝였다.

"걱정은 감사합니다. 하지만 제 결정을 번복할 생각은 없습니다. 사백께서도 제 결정을 존중해 주시기도 했고."

"알지. 그걸 우리가 모르나. 다만 혹시 모를 사태에 대비하자는 말 아닌가! 그리고 면장이 자네만의 것인가? 무당의 것이야!"

"맞습니다. 무당의 것이지요. 두 분의 것이 아니라."

"우리도 무당이네!"

무정이 차가운 얼굴로 일갈을 내질렀다.

그러나 유하성은 그의 노성에도 표정 하나 변하지 않았다.

"틀린 말은 아니지요. 하지만 그렇다고 해서 제가 면장을 두 분께 알려 드릴 의무는 없습니다."

"어허!"

단호하게 안 된다고 말하는 유하성의 모습에 무정이 노기를 드러냈다.

말이 통하지 않으니 신분으로 압박하려는 것이었다.

"돌아가시죠."

"이 사람이 끝까지!"

"잠깐."

무표정한 얼굴로 당당하게 축객령을 내리는 유하성의 모습에 무정이 자리에서 벌떡 일어났다.

버릇이 없어도 너무 버릇이 없어서였다.

그것도 남이 아닌 사이인데도 말이다.

한데 그런 그를 무요가 말렸다.

"하오나 사형!"

"내가 얘기해 보지. 이보게, 유 사제. 우리끼리 굳이 얼굴 붉힐 필요가 있나? 우리가 남도 아니지 않나. 다 같은 무당의 제자인데 면장을 배우는 게 그리 문제가 되나? 물론 자네와 사숙의 노고를 모르는 건 아닐세. 당연히 존경받을 만한 일을 하셨지. 그러나 한번 생각해 보게. 사숙께서 어떤 마음으로 면장을 복원하셨을지에 대해서 말이네. 사숙께서는 많은 제자들이 면장을 익히길 바라셨을 것이네."

"그럼 속가제자들에게도 전수되는 것입니까?"

"……."

무요는 일순 말문이 막혔다.

다른 무공도 아니고 면장이었다.

속가제자들에게는 현허칠성검법의 전반부만 알려 주는 게 현재의 무당이었다.

다른 상승절학 역시 마찬가지였고.

그런데 면장을 속가제자들에게 허락한다는 건 어불성설이었다.

눈앞에 있는 유하성과 같이 특이한 경우가 아니라면 말이다.

"역시 아닌 모양이군요. 최소 진산제자들, 그리고 당대 장로들만 익히려는 것이겠죠?"

"……우선은 우리들부터 익혀야 다른 제자들에게도 가르쳐 줄 수 있지 않겠나."

"제가 하면 될 일입니다. 굳이 긴 준비 시간을 가질 필요는 없지요."

"그것도 맞는 말이네. 하지만 사제는 따로 해야 할 일이 있지 않나? 주석도 달아야 하고, 다른 무공들을 연구해야 하고."

어르고 달래듯이 무요가 말했다.

여기까지 왔는데 빈손으로 갈 생각은 없었다.

애초에 반드시 가져갈 생각으로 오기도 했고.

"제 일은 제가 알아서 하겠습니다."

"흐음. 사제도 언제까지 이런 곳에 살 수만은 없지 않나? 사백님께서 신경 써 주신다고 하나, 실질적으로 지금의 무당을 이끌어 나가는 건 우리일세. 그러니 이왕이면 우리와 가까워지는 게 낫지 않겠나?"

"줄을 서라는 말씀이십니까?"

"조금 적나라하긴 하지만, 틀린 말은 아니지. 장문사형을 비롯해서 우리가 무당파를 이끌어 가는 건 사실이니까."

"거절하죠."

유하성이 단호하게 말했다.

도사들이라고 해서 사람이 아닌 건 아니었다.

그리고 어느 정도는 이럴 거라 예상하기도 했고.

하지만 그렇다고 해서 동조하거나 협조할 생각은 눈곱만큼도 없었다.

"지금 하는 말이 어떤 의미인지 알고 하는 건가?"

"예."

"사제는 지금 사제의 현재 위치를 잘 모르는 거 같은데."

"모릅니다. 알고 싶지도 않고. 그러나 한 가지만은 확실하게 알고 있습니다. 두 분에게 면장이 갈 일은 없다는 겁니다."

"정녕 이런 식으로 나올 생각인가?"

인자했던 무요의 표정이 일변했다.

한순간에 차갑게 변하며 유하성을 노려봤던 것이다.

그뿐만 아니라 무요에게서는 서릿발 같은 기세가 뿜어져 나오기 시작했다.

말이 통하지 않자 기도를 일으킨 것이었다.

"제가 잘못한 건 없다고 생각합니다만."

"맞아. 잘못한 것은 없지. 하지만 편한 길을 외면하고 굳이 가시밭길로 가려고 하니까 그렇지."

"억지로라도 가져가겠다는 듯이 말씀하시는군요."

"면장은 무당의 것이네."

"그러나 두 분이 무당 그 자체인 건 아니죠. 그저 무당의 수많은 제자들 중에 한 명일 뿐입니다."

유하성이 비릿하게 웃으며 말했다.

무당파의 장로라는 이유로 면장이 마치 자기들 것인 양 말하는 게 너무나 우스웠다.

정작 사부님이 피를 토하며, 골병이 들며 면장을 복원하기 위해 삶을 갈아 넣고 있을 때는 찾아오지도 않았던 이들이 말이다.

심지어 둘 다 사부님의 무덤에는 단 한 번도 찾아가지 않았다.

'그걸 일일이 기억하는 사백님도 특이하긴 하지만.'

어떻게든 자신과 대화를 이어 가기 위해 명천은 별의별 말들을 다 했다.

그리고 그중에는 명운의 무덤에 찾아온 이들에 대한 이야기도 있었다.

유하성이 없는 동안 명운의 무덤에 매일 찾아와 자리를 지킨 게 명천이었다.

"그래서 면장을 독점하겠다?"

"말씀이 심하시군요. 독점이 아니라 때가 되면 전수하겠다는 겁니다. 저 어제 막 돌아왔습니다. 누가 장로인지, 일대제자들이 누구인지, 혹은 이대제자들에 대해서 아무것도 아는 게 없습니다."

"그게 그 말이지 않나!"

"억지는 그만 부리시죠. 차라리 면장이 욕심난다고 솔직히 말씀하시는 게 어떻습니까? 뒤를 봐주니 마니 그런 말 하지 마시고."

"이놈!"

무요가 일갈을 내질렀다.

공력을 담아 마음먹고 소리치자 찻잔과 차호는 물론이고 탁자가 지진이라도 난 것처럼 흔들렸다.

하지만 무요의 일갈에도 유하성의 표정은 평온했다.

"그건 또 인정하기 싫으신 모양이군요."

"무엄하다!"

무정 또한 격노하며 버럭 소리를 질렀다.

그러나 무정의 가세에도 유하성의 표정은 변함이 없었다.

"무엄하다니요. 저희는 같은 배분으로 알고 있습니다만."

"나이도 어린 게 따박따박!"

"예의를 지켜 주시죠. 제가 최소한의 예의를 지키고 있는 것처럼."

유하성이 싸늘한 눈빛으로 무정을 쳐다봤다.

그러자 그 시선에 무정이 순간 움찔거렸다.

"원하는 게 무엇이지? 말해 봐라."

"둘 다 나가 주셨으면 좋겠는데요."

"그럴 순 없고. 여기까지 왔는데 그냥 갈 수는 없지 않겠나?"

"그 정도로 면장이 탐납니까?"

"그럴 수밖에. 다른 무공도 아니고 면장이지 않나."

무요는 욕심을 숨기지 않았다.

여기까지 온 이상 끝장을 볼 생각이었다.

물론 그렇다고 해서 유하성을 어찌할 생각은 없었다.

그저 현실에 대해 확실하게 알려 줄 생각이었다.

"강압적으로라도 받아 가겠다, 이건가?"

"이건가?"

무요의 눈썹이 꿈틀거렸다.

말투가 미묘하게 변해서였다.

"나를 사제 대우 해 주지 않는데 내가 사형 대접 해 줄 이유는 없잖아?"

"이 새끼가!"

"차라리 그게 더 잘 어울리는데. 도사 가면을 쓰고 있는 것보다는."

"보자 보자 하니까 못 하는 말이 없구나!"

쿠르릉!

유하성의 이죽거림에 무정이 시뻘게진 얼굴로 손을 뻗었다.

면장이나 십단금에 비하면 격이 많이 떨어지기는 하나 그래도 나름 상승절학으로 불리는 진산장(震山掌)을 펼친 것이었다.

기습과도 같은 일장인 데다가 마주 앉은 상태에서 뿌린 것이었기에 무정은 물론이고 무요도 유하성이 피할 수 있을 거라고는 생각하지 않았다.

무당면장의 계승자라고 하나 그게 무공의 대성을 뜻하는 것은 아니었기에 둘 다 제법 성취는 있겠으나 자신들의 수준에 비할 바는 아니라고 생각했다.

퉁.

그런데 그 생각이 창졸간에 박살 났다.

마음먹고 휘두른 그의 일장을 유하성이 너무나 여유롭게 흘려 내서였다.

그것도 검지 하나로 그의 장력을 밀어 내는 모습에 무정은 물론이고 무요 역시 놀랐다.

"보자 보자 하니까 역시나 선을 넘는군."

"닥치지 못할까!"

생각지도 못한 반격에 당황하기는 했으나 무정은 빠르게 감정을 수습했다.

대신 자리에서 일어나며 유하성을 향해 전력으로 진산장을 뿌렸다.

그래도 사제라고 검을 뽑지는 않았던 것이다.

우르르릉!

다만 위력은 검을 뽑은 것과 다르지 않았다.

진심으로 진산장을 펼치자 우렛소리와 함께 장강이 솟구치며 유하성에게 쏘아졌다.

그러나 그걸 보고도 무요는 말릴 기색을 보이지 않았다.

쩌어엉!

그걸 보면서 유하성은 손을 들었다.

자리에서 일어난 무정과 달리 그는 여전히 앉아 있는 채로 일장을 받았던 것이다.

"큭!"

먼저 공격한 것은 무정이었으나 놀랍게도 튕겨 나간 것 역시 그였다.

반면에 앉은 상태에서 그의 일격을 받아쳤던 유하성은 미동도 없이 자리에 앉아 있었다.

"시작은 그쪽이 먼저 했어."

"잡것들이란."

대놓고 반말하는 유하성의 모습에 무요가 코웃음을 흘렸다.

비천한 족속들은 어쩔 수 없다는 생각이 들어서였다.

그러나 한편으로는 잘된 일이라고 생각했다.

무정이 무기력하게 튕겨져 나갔으나 애초에 그의 수준은 장로들 중에서도 하위권이었다.

오로지 판을 벌이는 정도로만 데려온 것이었기에 애초에 기대도 하지 않았다.

하지만 그는 달랐다.

후우웅.

유하성과 마찬가지로 앉은 자세에서 무요가 오른손을 뻗었다.

태극권의 묘리가 깊게 담겨 있는 태극십삼세(太極十三勢)였다.

무정과는 달리 그는 힘이 아니라 기술로 유하성을 제압하려는 것이었다.

이윽고 현란한 움직임과 함께 절정에 달한 금나수가 유하성을 노리고 쇄도했다.

퉁!

그러나 태극권이라면 유하성도 일가견이 있었다.

아니, 손을 사용하는 것에서는 누구보다 자신이 있는 게 유하성이었다.

그 사실을 증명하듯 유하성은 한 손으로는 찻잔을 든 채로 왼손만 움직여 무요의 태극십삼세를 정면으로 받아쳤다.

"흥!"

하지만 그 모습에도 무요는 콧방귀를 뀌었다.

이 정도는 충분히 예상한 수준이어서였다.

그래서 그는 진기를 가일층 끌어올렸다.

힘으로 찍어 누르려는 것이었다.

파앙! 파파팡!

그러나 결과는 여전히 같았다.

더욱 거세게 몰아붙였음에도 유하성은 얄미울 정도로 노련하게 그의 맹공을 흘려 내고 튕겨 냈다.

그 모습에 무요의 얼굴이 점차 굳어졌다.

시간이 갈수록 딱딱하게 경직되었던 것이다.

'감히!'

특히 여전히 오른손으로 차를 홀짝이는 게 그의 신경을 건드렸다.

대무당파의 장로인 자신을 상대로 고작 속가제자에 불과한 유하성이 여유를 부린다는 게 그의 심기를 불편하게 만들었다.

터엉!

거기까지 생각이 닿은 순간 무요는 발을 이용해 탁자를 엎었다.

발끝으로 탁자를 올려 쳤던 것이다.

그리고 그 순간 자리에서 일어남과 동시에 검을 뽑았다.

금나수와 장공을 익히긴 했으나 그의 진신절학은 검공이었기에 무요는 검을 뽑음과 동시에 평생을 고련한 양의검법을 펼쳤다.

뻐걱!

지근거리인 만큼 무요의 검은 한 줄기 벼락과 같았다.

더욱이 탁자가 치솟으며 시야를 가렸기에 무요는 건방진 유하성이 이번 공격을 절대 피할 수 없을 거라 생각했다.

이윽고 무요의 검극이 전광석화처럼 탁자를 단숨에 꿰뚫으며 유하성에게 쇄도했다.

슈욱!

그러나 코앞에서 찌른 공격에도 불구하고 무요의 검극은 허공만 꿰뚫었다.

그 찰나의 사이에 유하성이 기가 막힌 움직임으로 무요의 검을 피한 것이었다.

하지만 공격이 실패했음에도 무요는 당황하지 않았다.

노련한 검객답게 그는 실패한 것을 파악한 것과 동시에 다음 초식을 뿌렸다.

쌔애액!

빈 허공을 꿰뚫었다고 하나 여전히 검은 유하성의 지척에 있었다.

그렇기에 무요는 손목을 비틀어 검의 궤적을 꺾었다.

쭉 뻗어 있는 상태 그대로 사선으로 검을 내리그었다.

정확히 유하성이 앉아 있는 자리를 향해서 말이다.

까아앙!

그야말로 벼락같은 임기응변이었으나 결과는 신통치 않았다.

예리하게 파고드는 일검을 유하성이 손가락을 이용해 막은 것이었다.

그와 동시에 유하성이 몸을 일으켰다.

더 이상은 받아 주고 싶지 않아서였다.

휘이익!

일어서는 것과 동시에 유하성이 오른손에 들고 있던 찻잔을 던졌다.

사형 대접을 해 주지 않겠다는 말 그대로 찻잔에 내공을 실어 던진 것이었다.

그러나 눈에 훤히 보이는 공격에 당할 무요가 아니었다.

유하성과 마찬가지로 왼손을 이용해 튕겨 내겠다는 듯이 재차 태극십삼세를 펼쳤다.

퍼억!

그런데 결과는 그의 예상과 사뭇 달랐다.

무요의 생각대로였다면 날아오던 찻잔은 튕겨져서 다른

방향으로 날아가거나 동강이 났어야 했다.

한데 결과는 놀랍게도 그의 손이 튕겨졌다.

"큭!"

태극십삼세가 튕기는 걸 넘어 손날에 찻잔이 박히는 듯한 고통에 무요는 자기도 모르게 신음을 흘렸다.

그 정도로 고통이 상당했던 것이다.

그래서 그는 보지 못했다.

어느새 코앞에 다가와 있는 유하성을 말이다.

덥석!

순식간에 면전에 도달한 유하성은 예의 무표정한 얼굴로 무요의 멱살을 잡았다.

그러고는 냅다 들어서 바닥에 메다꽂았다.

쿠웅!

"사, 사형!"

창졸간에 땅바닥에 처박히는 무요의 모습에 무정이 기겁하며 소리쳤다.

그러면서 믿을 수 없다는 표정을 지었다.

그로서는 감히 상상조차 하지 못한 일이었기에 경악한 것이었다.

하지만 유하성은 여기에서 멈출 생각이 없었다.

콰앙! 쾅!

여전히 멱살을 잡은 채로 유하성은 무요의 몸을 재차 들었다가 땅에 내려찍었다.

　물론 무요도 가만히 당하고만 있지는 않았다.

　머리에 충격이 있어 세상이 뒤집어지는 느낌이었지만 유하성의 손이 멱살과 연결되어 있었기에 검을 움직였다.

　본능적으로 유하성을 향해 검을 찔러 넣었던 것이다.

　쩌저적!

　그런데 유하성은 그마저도 받아 냈다.

　아니, 정확하게는 검강에 휩싸여 있는 검을 통째로 잡아서 아귀힘으로 부숴 버렸다.

　수강을 일으켜 검강은 물론이고 검 자체를 동강내 버렸던 것이다.

　"끄으윽!"

　그리고 그로 인한 충격은 고스란히 무요에게로 돌아왔다.

　진기가 도중에 끊어지자 역류하며 내부가 진탕된 것이었다.

　"이놈! 멈추지 못하겠느냐!"

　쌔애액!

　입에서 옅게 피를 흘리는 모습에 무정이 더 이상 지켜보지 못하고 달려들었다.

　무요와 마찬가지로 검을 뽑아 들고서 유하성을 향해 짓쳐 들었던 것이다.

　그것도 사생결단을 내겠다는 듯이 무정의 검에는 살기가

짙게 서려 있었다.

"멈추지 못하겠느냐-!"

그런데 그때 무시무시한 일갈이 사위를 쩌렁쩌렁 울렸다.

공력이 가득 담겨 있는 일갈이었다.

동시에 유하성에게 달려들던 무정이 멈칫거렸다.

듣는 순간 누가 이곳에 찾아왔음을 알 수 있어서였다.

"으으……."

그래서 그는 반사적으로 무요를 쳐다봤다.

지금의 사태를 유연하게 해결할 수 있는 이가 무요였기 때문이다.

그런데 아직 충격에서 헤어 나오지 못한 모양인지 제정신을 차리지 못하고 있었다.

"그만할 겁니까?"

"뭐라고?"

이러지도, 저러지도 못한 채 어정쩡하게 검을 들고 서 있던 무정이 미간을 찌푸리며 시선을 옮겼다.

잘만 반말하던 녀석이 갑자기 존대를 하자 어이가 없었던 것이다.

"계속해도 저는 상관없습니다만."

"……지금 상황이 이해가 안 되나?"

"안 될 게 뭐가 있습니까? 전 자기방어를 한 것밖에 없는데. 아, 무당파의 법규에는 사형이 때리면 얌전히 맞아야 한다는 규율이 있습니까?"

덜컹!

유하성의 말이 끝났을 때 하나뿐인 출입문이 거칠게 열렸다.

그리고 노성만큼이나 대로한 표정의 명천이 안으로 들어왔다.

한데 그는 혼자가 아니었다.

명천의 뒤로 원상과 원호가 따라 들어왔다.

"사, 사백님!"

"설명해 봐라. 이게 어떤 상황인지."

"그게, 그러니까요……."

무정이 두 눈을 데구루루 굴렸다.

아직 무요가 제정신을 차리지 못하고 있는 만큼 현재로서는 그가 설명을 해야 했다.

시간을 버는 방법도 있었으나 명천의 기세를 보아하니 그건 썩 좋지 않은 선택 같았다.

그렇다면 최대한 그가 할 수 있는 걸 해야만 했다.

"사실만을 고해야 할 것이다. 너뿐만 아니라 하성이의 말도 들을 것인즉."

명천이 부리부리한 눈으로 쏘아봤다.

거짓말은 절대 용납하지 않겠다는 듯이 말이다.

서슬 퍼런 눈빛과 싸늘한 한마디에 무정은 몸을 부르르 떨었다.

그러나 사실을 말할 엄두는 나지 않았다.

쿠웅.

한편 유하성은 지금까지 붙잡고 있던 무요를 내려놓았다.

이미 정신 줄을 반쯤 놓은 상태기도 하고, 명천이 왔는데 나름 사형이라 할 수 있는 무요를 두들겨 패는 게 좋지는 않아서였다.

명천의 뒤에는 원상과 원호가 있기도 했고.

"왜? 시간이 필요하더냐? 그럼 하성이가 먼저 말하겠느냐?"

"저는 상관없습니다."

"제가, 제가 먼저 말씀드리겠습니다."

미친 듯이 머리를 굴리던 무정이 다급하게 입을 열었다.

이왕이면 자신이 먼저 말을 하는 게 나을 것 같아서였다.

그 말에 반쯤 기절해 있는 무요를 쳐다보던 명천이 그에게로 시선을 돌렸다.

"말해 봐."

무미건조한 한마디가 실내를 갈랐다.

그런데 그 무미건조한 목소리가 무정에게는 너무나 섬뜩하게 다가왔다.

"저와 무요 사형은 유 사제가 왔다는 소식을 듣고 인사를 나눌 겸 방문했습니다. 어제는 막 도착해서 피곤할 것 같기에 일부러 오늘 오후에 찾아왔습니다. 제가 알기로 아직 사형제들에 대해서 잘 모른다고 해서 설명도 해 줄 겸 해서요. 그러다가 자연스레 무공에 대한 이야기로 이어졌고, 면장에 대해서 의견을 나누었습니다. 그런데 갑자기 감정이 격해지더니 이런 상황이 벌어졌습니다."

"한마디로 일방적으로 하성이가 폭력을 행사했다?"

"그, 그렇습니다."

무정이 눈치를 살피며 어물쩍 대답했다.

자세히 설명하면 자신이 불리하니 대충 둘러댄 것이었다.

물론 유하성이 진실을 말할 가능성이 컸으나 이 자리에는 증거도, 증인도 없었다.

또한 현재 무당파를 이끌어 가는 건 무자배의 제자들이었다.

아무리 명천이 전대 장문인이라 할지라도 실질적으로 무당파를 움직이는 건 현직 장로들이었기에 무정은 사형제들과 함께라면 이 사태를 충분히 무마시킬 수 있을 거라 생각했다.

그와 무요의 사부가 지닌 무당파 내의 영향력도 적지 않고.

'승산이 있다. 면장의 계승자라 하나 그래 봤자 일개 속가 제자에 불과하다. 예상했던 것보다 무위가 대단하지만 장로들과 비교하면 무게 추는 한쪽으로 기울 수밖에 없지.'

무정의 두 눈이 번들거렸다.

머리가 굴러가는 놈이라면 유하성도 지금의 상황이 어떻게 흘러가는지 모를 리 없었다.

억울하고 화가 나겠지만 연줄도, 배경도 없는 유하성이 할 수 있는 일이라고는 명천에게 매달리는 것뿐이었다.

더불어 현실도 알게 될 터였다.

무당파에서 자신의 가치가 면장 하나 소유한 것밖에 없음을 말이다.

그리고 그마저도 사라진다면 끝은 뻔했다.

'결과적으로 사문은 절대 우리를 버릴 수 없다.'

잠깐의 굴욕은 있겠으나 폭풍우는 결국 지나가기 마련이었다.

그와 같이 이번 일도 마찬가지라고 생각했다.

"아무 이유도 없이?"

"면장에 상당히 민감하게 반응했습니다."

생각을 정리한 무정은 더 이상 당황하지 않은 표정으로 차분하게 대답했다.

명천의 시선도 피하지 않았다.

거기에 무요의 상태를 확인하는 여유도 보였다.

"내가 아는 하성이는 절대 아무 이유 없이 하극상을 저지를 아이가 아닌데 말이지."

"저는 있는 그대로의 일을 말씀드렸을 뿐입니다."

"대신 전부 다 말하지 않았겠지. 너희 둘이 이곳에 온 이유가 순수하게 인사하기 위해서도 아닐 테고. 너에게 유리한 대로 말한 거 아냐?"

"그렇지 않습니다."

무정이 안면 근육을 통제하며 대답했다.

시치미를 뚝 떼었던 것이다.

그 모습에 명천이 피식 웃으며 유하성을 쳐다봤다.

이제는 네 차례라는 눈빛이었다.

"면장을 내놓으라고 하더군요, 두 분께서. 제 안위를 걱정하시면서 말이죠."

"사실이냐?"

"아니라면 아닐 테고, 사실이라면 사실이겠죠."

제20장 무당에는 당신이 필요합니다

유하성은 담담하게 말을 이었다.

강하게 자신의 의사를 표명하지 않았던 것이다.

무정이 노리는 게 무엇인지 알기에 유하성은 그저 있는 그대로의 일을 담담하게 밝히기만 했다.

"무당의 장로로서 당연히 우려가 될 수밖에 없지 않겠습니까. 무려 이백 년 만에 복원된 무공이 면장이지 않습니까."

"그래서 그걸 홀라당 뺏어 먹으려고 했다?"

"그런 뜻이 아니오라 혹시라도 사제가 잘못되면 면장이 다시 역사 속으로 사장되기에 그것만은 막아야 한다고 생각했습니다."

"허어. 근데 그렇게 무당을 생각하는 녀석이 왜 소실된 무공 복원에는 조금도 관심을 보이지 않았을까?"

"아직은 제 수준이 부족하여……."

무정이 말끝을 흐렸다.

이 부분에 대해서는 할 말이 없어서였다.

그렇다고 순순히 긍정할 수도 없었기에 무정은 슬그머니 명천의 시선을 피했다.

얼른 무요가 정신을 차리길 바라면서 말이다.

"무요."

"……예. 사백님."

"말해 봐라."

명천의 시선이 몸을 일으키는 무요에게로 향했다.

이제 좀 정신이 드는 모양인지 무요가 머리를 흔들며 천천히 일어섰다.

"무정 사제의 생각과 같습니다."

"한마디로 하성이가 면장에 대해서 말을 꺼내기 무섭게 하극상을 벌였다?"

"예."

더 부연설명 할 게 없다는 듯이 무요가 대답했다.

완벽하지는 않지만 그렇다고 살을 더 붙일 필요는 없다고 생각해서였다.

짧은 사이에 나름 머리를 잘 굴리기도 했고 말이다.

그래서 그는 터져서 피가 나는 입가를 훔치며 명천을 똑바로 쳐다봤다.

"하하하! 하하하하!"

자신의 무고함을 행동으로 보여 주기 위해 명천과 시선을 마주하던 무요가 눈을 껌뻑거렸다.

난데없이 명천이 파안대소를 터트리자 의아했던 것이다.

그리고 그건 옆에 있던 무정 역시 마찬가지였다.

"왜 그러십니까?"

"어이가 없어서. 내가 아무리 장문인직을 내려놓았다고 하나, 이렇게 능멸을 당할 줄은 몰랐거든."

"느, 능멸이라니요? 저희는 절대 그럴 의도가……."

"거짓부렁을 씨불이는 게 능멸이 아니면 무엇이냐? 내 앞에서 대놓고 거짓을 고하는데."

명천의 표정이 일변했다.

북풍한설처럼 싸늘한 얼굴로 두 사람을 노려봤던 것이다.

그 서슬 퍼런 시선에 두 사람은 온몸이 굳어졌다.

딱히 기도를 드러낸 것도 아닌데 몸이 절로 얼어붙었다.

"저희는 거짓말을 하지 않았……."

반사적으로 말을 잇던 무요가 멈칫거렸다.

지금껏 보이지 않던 원상과 원호의 얼굴이 눈에 들어와서였다.

둘 다 안타깝다는 표정을 짓고 있었는데 그걸 보는 순간 무요는 모골이 송연해졌다.

"억울합니다! 저희는 절대 거짓말을 하지 않았습니다!"

"……그만."

아직 눈치채지 못한 무정이 호소하듯 소리치자 원호와 원상은 아예 두 눈을 감아 버렸다.

그 모습에서 무요는 알 수 있었다.

그래서 무정을 만류했다.

"왜 그러십니까, 사형?"

"혹시, 다 알고 계신 겁니까?"

"예?"

자신에게는 시선 하나 주지 않고서 명천에게 알 수 없는 말을 묻자 무정이 고개를 갸웃거렸다.

이게 무슨 상황인가 싶어서였다.

"얼마나 크게 호통을 치는지 밖에서도 다 들리더군."

부들부들.

무미건조한 한마디에 무정이 몸을 떨었다.

어찌 된 상황인지 단박에 파악이 된 것이었다.

그래서 그는 몸을 떨며 어찌할 줄을 몰라 했다.

털썩!

반면에 무요는 곧바로 무릎을 꿇었다.

다 알고 있는 명천에게 다른 말을 할 필요가 없다고 생각해서였다.

그러나 빠른 태세전환과 달리 그의 두 눈 역시 격렬하게 흔들리고 있었다.

이 상황을 타개할 방법을 궁리했지만 아무리 생각해도 마땅한 수가 떠오르지 않았다.

"죄, 죄송합니다!"

"죄송합니다, 사백님!"

무요의 행동에 무정이 뒤늦게 무릎을 꿇었다.

능멸을 넘어 기사멸조에 가까운 행위를 자신이 했다는 사실을 깨달아서였다.

그것도 전대 장문인이자 무당검선이라 불리는 명천에게 거짓말을 했기에 무정의 안색은 새하얗게 질렸다.

어떤 징계를 받을지 감이 잡히지 않아서였다.

"역시나 뻔뻔하구나. 거짓말을 할 때처럼 부끄러움도 없이 죄송하다고 하는 걸 보면."

"사, 사백님!"

"닥쳐라!"

명천의 일갈에 처소가 다시 한번 들썩였다.

동시에 무요와 무정이 오체투지를 하듯 바닥에 머리를 박았다.

하지만 그럼에도 명천의 분노는 꺼지지 않았다.

오히려 둘의 모습에 더욱더 활활 불타올랐다.

무릎 꿇고 머리를 조아리는 저 모습조차 가증스러워 보여서였다.

게다가 그를 더욱 속상하게 만든 건 유하성의 태도였다.

'나조차 믿지 못한다는 뜻.'

명천의 두 눈이 무겁게 가라앉았다.

무당파의 전대 장문인이며 사적으로는 사백인 게 바로 그였다.

하지만 유하성은 그럼에도 그를 믿지 않았다.

아마 무요와 무정의 뜻대로 둘의 편을 들어 주었다면 유하성은 면장을 내놓고 훌쩍 떠났을 게 분명했다.

'혹시라도 이럴까 봐 십단금까지 복원했다는 걸 밝히지 않은 것인데.'

명천이 자기도 모르게 깊은 한숨을 내쉬었다.

혹여나 헛된 욕심을 부릴 놈이 있을까 싶어 명천은 유하성에 대해 전부 밝히지 않았다.

지킬 수 없는 보물은 피를 부른다는 말처럼 혹시라도 유하성에게 해가 될까 싶어서였다.

그런데 면장만 익혔다는 사실이 오히려 만만하게 보인 모양이었다.

'아니. 어쩌면 실력만을 중시한 본 파의 폐해일지도 모르지.'

무릇 무당파만이 아니라 구파일방과 오대세가 역시 재능 제일주의였다.

자질과 근골이 뛰어난 이들을 제자로 들이기 위해 두 눈이 벌게져 천하를 뒤졌다.

오직 천하제일이 되기 위해서 말이다.

당장 무당파만 하더라도, 아니 그만 하더라도 자신의 대에서 소림사를 뛰어넘기 위해 악착같이 수련하고 애를 썼었다.

그러니 그 역시 무당파가 이렇게 된 데에 책임이 전혀 없다고는 볼 수 없었다.

하지만 그렇다고 해서 눈감고 넘어가는 건 말이 되지 않았다.

틀린 걸 알았다면, 잘못된 걸 파악했다면 그때라도 바로 잡아야 했다.

"그렇게 면장이 욕심났더냐? 사형이라는 지위를 이용해 사제에게서 빼앗고 싶을 정도로 말이다."

"죄송합니다!"

"정말 죄송합니다!"

서늘한 명천의 일갈에 무요와 무정은 감히 고개를 들지 못했다.

들키지 않았다면 모를까 들킨 이상 징계를 피할 수는 없었다.

다만 문제는 그 징계가 중징계일 수도 있다는 점이었다.

물론 죽지는 않겠지만 그에 준하는 징계는 얼마든지 있었다.

"끝까지 웃기는구나. 네놈들이 사과할 대상이 나뿐이더

나?"

"으음!"

두 사람이 멈칫거렸다.

그러나 고민은 짧았다.

명천의 대로를 잠재우려면 유하성에게도 사과해야 했다.

그래야 조금이라도 징계를 낮출 가능성이 생겼다.

"미, 미안하다!"

"우리가 욕심에 눈이 멀어, 하지 말아야 할 짓을 했다!"

후르릅.

고개도 들지 못하고 비굴하게 무요와 무정이 사과했으나 유하성은 눈 하나 껌뻑이지 않았다.

진심이 느껴지지 않았을뿐더러 만약에 그가 면장을 지킬 힘을 가지고 있지 못했다면 강압적으로 무공을 빼앗겼을 터였다.

죽지는 않았겠지만 무당산에서의 생활이 어땠을지는 충분히 짐작할 수 있었다.

그러면서 새삼 권력욕이라는 게 무섭다는 걸 깨달았다.

"꺼져라. 징계회의 때 부를 것이니."

"사, 사백님!"

"좋은 말로 할 때 가라."

일고의 여지도 없다는 듯이 싸늘하게 말하는 명천의 한마디에 두 사람은 주춤주춤 일어났다.

그러고는 힘없는 걸음걸이로 건물을 나섰다.

그런 둘의 모습을 원상과 원호가 씁쓸한 표정으로 지켜봤다.

이해가 안 가는 것은 아니었으나 그럼에도 하지 말아야 할 짓을 둘은 저질렀다.

"너희 둘도 오늘은 돌아가라. 하성이와 긴히 할 말이 있으니."

"알겠습니다."

"내일 뵙겠습니다, 사숙."

상황이 상황인지라 원상과 원호는 조용히 물러났다.

가장 충격을 받은 건 어떻게 보면 명천이라고 생각해서였다.

최소 삼십 년 넘게 무요와 무정을 봐 왔을 것이기에 둘은 공손히 인사한 후 몸을 돌렸다.

"……못난 꼴을 보였구나."

"사백께서 보이신 건 아니죠."

"내 책임도 없지는 않지. 후우!"

깊은 한숨과 함께 명천이 팔을 흔들었다.

그러자 난장판이 되어 있던 실내가 한 번에 정리되었다.

허공섭물로 이리저리 날아가 있는 탁자와 의자를 제자리로 돌려놓은 것이었다.

하지만 한번 쏟아진 차는 다시 담을 수 없었다.

"열 길 물속은 알아도 한 길 사람 속은 모른다고 하지 않습니까."

"미안하다. 이런 꼴을 보여서. 그리고 너에게 믿음을 주지 못해서."

"차보다는 시원한 물이 나을 것 같습니다."

유하성은 물 잔을 가져왔다.

지금은 미지근한 차보다는 시원한 물이 더 나을 것 같아서였다.

벌컥벌컥!

물을 따라 주기 무섭게 명천은 단번에 들이켰다.

그러자 답답한 게 조금은 가시는 느낌이었다.

가슴을 짓누르는 무거운 돌덩이가 아주 조금 가벼워진 듯한 느낌이라고나 할까.

"모든 아이들이 다 저렇지는 않다."

"알고 있습니다. 능력에 비해 욕심이 과한 이들이 어디 한둘인가요."

"그놈의 욕심이 뭐라고. 죽을 때는 손에 쥐고 있는 거, 아니. 이빨 하나 가져가지 못하는 게 인간이건만."

명천이 다시 한번 깊은 한숨을 내쉬었다.

정말로 그는 면목이 없었다.

수치도 이런 수치가 없었다.

하물며 무요와 무정은 무당파의 장로들이었다.

武當霸王
무당
폐왕

"사과는 그만하셔도 될 것 같습니다. 어찌 됐든 잘 해결되지 않았습니까."

"이 일은 절대 그냥 넘어가지 않을 것이다. 죽이진 않더라도 벌인 짓에 대한 합당한 죗값을 치르도록 할 것이다. 이건 내가 약속할 수 있다. 그리고 너에게 믿을 수 있는 사백이 되도록 좀 더 노력하마."

명천이 뼈에 새기는 듯한 어조로 말했다.

챙겨 주겠다고 약속한 게 불과 얼마 전이었다.

그나마도 어제 복귀했기에 실질적으로 만난 건 이틀에 불과했다.

한데 이런 일이 벌어졌기에 명천은 티를 내고 있지는 않았지만 속에서는 활화산처럼 분노가 폭발하고 있었다.

"저도 참석해야 하는 겁니까?"

"안 그래도 된다. 내가 다 들었으니까. 많은 이가 알아서 좋을 일도 아니고. 오히려 쪽팔린 일이지."

"그렇긴 하죠."

"해서 조용히 처리할 생각이다."

"오자마자 무당산을 시끄럽게 만드는 것 같습니다."

명천과 마찬가지로 냉수를 홀짝이며 유하성이 입을 열었다.

금청당의 일까지 합치면 그야말로 평지풍파를 일으킨 것이나 마찬가지였다.

"네가 잘못한 것은 아니지 않느냐?"

"그래서 다행이라고 생각하고 있습니다."

"보복은 걱정할 거 없다. 보복은 아예 생각지도 못하게 만들 생각이니까. 뭐, 네가 당할 성격으로 보이지도 않고."

먼저 공격했겠지만 사형들을 망설이지 않고 두드려 팬 게 유하성이었다.

그런 만큼 만약에 보복이 있다 하더라도 걱정이 되지는 않았다.

장문인인 무율마저도 제압하지 못한 게 유하성이었으니까.

그렇기에 명천은 실소가 흘러나왔다.

"제가 당하기만 할 성격은 아니죠."

"네가 도사가 아니라서 참 다행이야."

"저도 그렇게 생각합니다."

"어쨌든 욕봤다. 오늘은 쉬고, 내일 보자."

유하성의 앞이기에 웃고 있지만 그의 속은 부글부글 끓고 있었다.

그리고 닥친 일은 최대한 빠르게 처리하는 게 좋았기에 명천은 자리에서 일어났다.

"고생하셨습니다."

"고생은 네가 했지. 나오지 말고 쉬어. 새벽부터 바빴는데."

"예."

"그래."

여전히 미안한 표정으로 유하성의 어깨를 두어 번 두드려
준 명천이 처소를 나섰다.

그런 그를 유하성은 조용히 지켜봤다.

명천의 축객령 아닌 축객령에 원상은 자신의 처소로 돌아
왔다.

오늘 오후에는 유하성과 수련할 계획이었기에 다른 일정
은 없었다.

때문에 생각을 정리할 겸 처소로 복귀했는데 원호가 따라
왔다.

"표정이 왜 그래?"

"넌 왜 따라왔어?"

"혼자 수련하는 것보다는 둘이 하는 게 낫잖아? 너도 애초
에 사숙님과 같이 수련할 생각으로 간 거잖아."

"그렇긴 하지."

"근데 내 말에는 대답 안 해 줄 거냐?"

심각한 표정의 원상과 달리 원호는 평소와 똑같았다.

충격적인 장면을 봤음에도 딱히 놀라거나 당혹스러워하는

기색이 없었다.

"으음. 사실 어제 무요 장로님이 나를 부르셨다."

"호오?"

원호가 흥미롭다는 표정을 지었다.

지금의 발언에서 연상되는 게 있어서였다.

그가 비록 머리 쓰는 걸 안 좋아한다고 하지만 그건 멍청해서가 아니었다.

귀찮아서 신경 쓰지 않을 뿐이었다.

"네가 예상했던 대로 유 사숙님에 대해서 물어보더라고."

"그래서 배신자처럼 사숙님에 대한 정보를 싹 다 풀었다?"

"전혀. 교류가 깊은 사이도 아니고 내가 굳이 전부 다 말할 이유는 없지. 적당히 둘러대고 나왔는데 일이 이렇게 될 줄이야."

"다 욕심이 많아서 그래, 욕심이. 도사면 도사답게 도를 닦아야 하는데 말이지. 우리는 무림문파이니까 무를 갈고닦아도 모자랄 판에."

원호가 혀를 끌끌 찼다.

인간적으로 이해가 안 가는 것은 아니었다.

그 역시 유하성이 면장을 가르쳐 준다면 무릎이라도 꿇으며 감사해할 의향이 있었다.

하지만 오늘의 일은 선을 넘어도 한참 넘었다.

"그러게나 말이다. 기본적인 것만 지켜도 분란이 없는데."

무당
패왕

"욕심에 눈이 먼 게지. 보아하니 징계도 상당할 것 같은데."

"사형이라는 신분을 이용해 무공을 빼앗으려 했으니 문제가 심각하지. 근데 사백조님의 뜻대로 안 될 수도 있어."

"장로님들이 단체로 반발할 수도 있으니까?"

"흐음? 역시 멍청하지는 않다는 건가?"

원상이 의외라는 듯이 눈꼬리를 올렸다.

그러고는 느긋하게 차를 데웠다.

생각을 정리하기 위해서라도 차가 필요했다.

"정치질에 대해서는 나도 이골이 난 사람이야. 어렸을 적에는 눈칫밥도 제법 먹었고. 좋은 집안에서 태어난 건 사실이지만 그로 인해 잃은 것도 많은 게 나다. 그리고 여기에서는 내가 굳이 신경 쓰지 않아도 알아서 고민해 줄 사람들이 많잖아?"

"말이 많이 늘었어."

"어쨌거나 네가 걱정되는 건 다른 장로들이 반발할지도 모른다는 거잖아."

"맞아. 어쨌든 사백조님께서는 현역에서 물러나신 상태이시니까. 어떻게 보면 너무 깊게 관여한다고 장로님들이 생각할 수도 있어. 장문인께서도 거기에 동조하실 수도 있고."

"확실히 애매한 시기이기는 하지. 근데 사안이 사안인지라. 그리고 사백조님 성격 몰라? 아마 올가미를 제대로 만드

실걸."

원상이 고개를 주억거렸다.

철혈의 군주라 불리며 압도적인 존재감으로 무당파를 이끌었던 게 명천이었다.

거기다 명천만 유하성에게 마음의 빚이 있는 게 아니었다.

다른 전대 장로들 역시 마찬가지였다.

'아닌 분들도 계시겠지만.'

파벌까지는 아니더라도 장로들 역시 좀 더 친한 이가 있고, 어색한 이가 있다.

또한 아예 내부 정치에 끼어들기 싫어하는 이들도 있었고.

"그리고 우리 냉정하게 생각해 보자고. 무요 장로님과 무정 장로님을 한쪽에 두고 다른 쪽에 유 사숙님을 놓고 보자고. 넌 누구 선택할래?"

"객관적으로 보면, 무인으로서의 가치만을 따지면 당연히 사숙님이지."

"거봐. 게다가 유 사숙님은 무공도 높아. 처참하게 발린 거 봤지? 유 사숙님은 상처는커녕 호흡 하나 흐트러지지 않았더라."

"그런 건 또 잘 봐요."

원상이 피식 웃었다.

무공을 자신의 권력을 공고히 하는 도구로 생각하는 무요와 달리 유하성은 순수한 무공광이었다.

무당
패왕

아니, 정확히는 무인이었다.

무당파의 제자로서 더없이 어울리는.

그런데 심지어 무공도 뛰어났다.

속가제자임에도 무당파의 장로를 가볍게 제압할 정도로 말이다.

"다른 건 눈에 들어오지도 않더만. 그러니까 네가 걱정할 건 없다는 거지. 막말로 사숙님이 여기 개판이라고, 더럽고 치사해서 훌쩍 떠나면 어떡할 거야? 면장의 맥이 다시 끊어지는 거 아냐? 거기다 무당파의 장로를 패대기칠 정도의 고수가 떠나는 건데 너라면 사숙님이 아니라 두 분 장로님들을 선택하겠어? 이건 이미 답이 나와 있다고 보는데. 물론 반발은 있을 수 있지. 그러나 판을 뒤집을 정도는 아냐."

원호가 단호하게 고개를 저었다.

명분이 없다면 모를까 이미 확실한 명분이 유하성과 명천에게는 있었다.

더욱이 사형제간이라고는 해도 장문인과 무요, 무정의 사이는 특별하게 친밀하지도 않았고.

"나도 그렇게 생각하긴 하는데, 사람 마음이라는 게 예측하기가 쉽지 않으니까."

"그건 동감."

원호가 고개를 주억거렸다.

당장 이번 사태만 하더라도 그는 전혀 예상하지 못한 일이었다.

물론 다 같은 무당파 소속이라고 해서 치고받고 싸우는 경우가 없는 건 아니었다.

다만 이번 일은 결이 좀 달랐다.

"어쩌면 피바람이 불 수도 있고. 금청당도 물갈이될 것 같던데."

"거기도 사숙님과 관련이 있어?"

"어. 정확하게는 대청표국이랑. 대청표국에서 보낸 후원금을 착복한 이가 있더라고."

"어떤 개새끼가 그딴 짓을 해?"

원호의 얼굴이 일그러졌다.

순수하게 무당파를 위해 보낸 후원금을 사적으로 횡령했다는 말에 분노한 것이었다.

"부당주님이."

"허!"

일개 당원도 아니고 금청당의 이인자라 할 수 있는 부당주가 일을 벌였다고 하자 원호는 어이가 없었다.

그리고 그건 원상도 마찬가지였다.

"이참에 제대로 감사를 실시한다는 말이 있어."

"해야지. 몰랐다면 모를까 이미 까발려졌는데."

"이것도 명천 사백조님께서 직접 조사하셨다고 해."

"일단 하나 더 밀렸군."

"사숙님께 좋은 모습을 보여도 모자랄 판에 왜 이런 사건 들이 터지는지."

원상이 한숨을 내쉬었다.

남들이 보면 유하성의 팔자가 사납다고 해도 이상하지 않을 것 같아서였다.

정작 유하성은 잘못이 없는데 말이다.

"개판이구만. 완전 개판이야."

"어떻게 보면 좋은 일이기도 해. 더 썩어 들어가기 전에 쳐 낼 수 있으니까."

"그것도 그러네. 근데 난 이것도 궁금해."

"뭐가?"

"난 사숙님이 강하다는 건 알고 있었거든. 근데 대사형보 다 조금 강하지 않을까 싶었는데 오늘 보니 대사형은 가뿐히 뛰어넘을 것 같아. 그래서 다른 의문이 생기더라고."

원호가 그답지 않게 먼저 화제를 돌렸다.

이런 얘기만 하면 화만 치솟을 것 같아서였다.

"어떤 의문?"

"장문인보다 강할지도 모른다고."

"어?"

"생각해 봐. 단순히 마음의 빚 때문에 유 사숙님을 챙기는 걸까? 혹시 유 사숙님이 엄청난 고수이기에 놓치면 안 되니 까 저러시는 건 아닐까?"

"그건 너무 갔다."

원상이 피식 웃었다.

가능성이 없는 건 아니었으나 그래도 너무 희박해서였다.

물론 평범한 실력이 아니라는 점에서는 동의했으나 장문인보다 강할 거라고는 생각하기 힘들었다.

"이건 뭐, 그냥 내 생각이니까. 그럴 수도 있지 않을까~ 하는 거지."

"사실 나도 비슷하지는 않을까 생각했었어. 무요 장로님이 무자배들 중에서는 중간 정도라고는 하지만 아까 본 것처럼 쉽게 제압하려면 적어도 두 수는 높은 경지에 있어야 하니까."

"근데 난 가능성이 높다고 봐. 언제나 우리 예상 밖의 모습을 보여 주셨으니까."

"흠."

원상은 작게 고개를 주억거렸다.

틀린 말은 아니어서였다.

게다가 속을 알 수 없는 무요나 욕심만 많은 무정에 비하면 유하성이 훨씬 좋기도 했고.

일단 일 년 가까이 함께 다니며 정이 상당히 많이 들었다.

'인격적으로도 나무랄 데 없는 분이시기도 하고.'

속가제자이지만 행실을 보면 누구보다 도사에 어울리는 게 유하성이었다.

그 정도로 자기 관리에 철저했다.

본받고 싶다는 생각이 절로 들 정도로 말이다.

그러니 철부지 같던 원호도 조금이기는 하지만 철이 들었다.

"어쨌든 일단 지켜보자고. 우리가 나설 일도 아니지만."

"나서야 한다면 나서야지."

"그건 당연한 거고. 자, 수련이나 하자. 벌써 시간이 꽤 흘렀어. 오늘 훈련량 채우려면 부지런히 해야 해."

"그래."

생각을 정리한 원상이 자리에서 일어났다.

원호의 말마따나 오늘 치 훈련량을 채우려면 부지런히 움직여야 했다.

무요와 무정의 징계로 인해 무당산이 떠들썩했지만 정작 유하성의 하루는 달라진 게 없었다.

어차피 그가 나설 일도 없었고, 있다 하더라도 설명만 하면 되었다.

물론 면장에 대한 게 수면 위로 올라왔기에 무요의 말대로 비급을 만들거나 전수해야 하지 않겠냐고 말하는 이들이 있겠으나 유하성의 생각은 어제와 똑같았다.

무당파에 남겨야 하는 건 맞지만 아무에게나 전수할 생각은 전혀 없었다.

"흠."

무당산은 거대했다.

세상에는 무당파가 무당산의 주인으로 알려져 있지만 실질적으로 산에서 무당파가 사용하는 공간은 반의반도 되지 않았다.

오히려 알려진 곳보다 알려지지 않은 곳이 많았다.

그리고 금분세수(金盆洗手)를 하지는 않았으나 강호에서 물러나 산 깊은 곳에 은거한 이들도 꽤 많을 터였다.

'사부님께서도 만난 적이 있으시다고 하니.'

아주 오래전의 대화였으나 명운과 했던 대화는 전부 다 기억하고 있었다.

원래 기억력이 좋기도 했고 말이다.

그래서 무공을 복원할 때도 많은 도움이 되었다.

여러 가지를 조합해야 하는데 중복되는 게 없어야 하니까.

"계십니까."

거침없이 산을 타던 유하성이 작은 모옥 앞에 멈춰 섰다.

이런 곳에 사람이 살까 싶을 정도로 외진 곳이었는데 놀랍게도 유하성의 말이 끝나기 무섭게 문이 열리며 창백한 안색의 노인이 모습을 드러냈다.

아무렇게나 기른 백발과 백염을 가진 노인이었는데 몸이

무당
패왕

좋지 않은지 지팡이로 힘겹게 서 있었다.

"뉘시오?"

"처음 뵙겠습니다. 명운 진인의 제자인 유하성이라고 합니다."

"명운이의?"

"예."

의아함과 당혹스러움이 가득한 눈으로 유하성을 쳐다보던 노인이 일순 놀란 표정을 지었다.

생각지도 못한 이의 방문에 깜짝 놀란 것이었다.

"세월이 많이 흐르긴 했어. 그 꼬맹이가 이렇게 헌칠하게 자랄 줄이야."

"사백께서도 예전과 똑같으십니다."

"사백은 무슨. 명운이와 비슷한 시기에 들어왔는데. 어렸을 적에는 그거 가지고 참 많이 다투었었지. 헛헛!"

창백한 안색으로 노인이 너털웃음을 터트렸다.

그때는 진지했지만 지금은 추억이 되었다.

"그러셨다고 들었습니다."

"명운이는 어떻게 지내고?"

"작년에 돌아가셨습니다. 곧 기일이 다가옵니다."

"허어. 고얀 놈."

노인의 눈동자가 흔들렸다.

당연히 잘 지낼 거라고 생각했다.

자신은 폐인이 되어 버림받았지만 그래도 명운은 달랐으니까.

그런데 자기보다 먼저 죽었다고 하자 노인은 울컥한 표정을 지었다.

"다행히 가실 때에는 편안히 가셨습니다."

"그렇다면 다행이구나. 그래. 그 소식을 전해 주려 온 건 아닐 테고. 무슨 일로 예까지 찾아왔느냐?"

서 있는 것조차 힘에 겨운 모양인지 노인의 몸이 부들부들 떨렸다.

단순히 몸이 망가져서가 아니라 제대로 먹지 못한 듯한 상태에 유하성은 안타까운 마음이 들었다.

하지만 그걸 티 내는 게 노인을 더욱더 힘들게 한다는 걸 알기에 유하성은 표정을 유지했다.

"사백님의 도움이 필요합니다."

"주화입마로 인해 폐인이 된 내가?"

"예."

"재미있는 소리를 하는구나. 내가 무얼 할 수 있다고? 너도 보고 있지 않느냐. 죽지 못해 살아가고 있는 걸."

노인의 얼굴에 쓸쓸한 기색이 떠올랐다.

말한 그대로 그는 죽지 못해 살고 있었다.

아마 유하성이 찾아오지 않았다면 그가 여기에 있다는 사실을 아무도 몰랐을 터였다.

武當霸王
무당
패왕

그 정도로 그는 무당파에서 잊힌 존재였다.

"그렇지 않습니다. 사백께서 해 주실 수 있는 일이 있습니다."

"내 몸 상태를 보고도 그런 말을 하느냐?"

"꼭 몸이 멀쩡해야만 무당을 위해서 일할 수 있는 건 아닙니다. 적어도 저는 그렇게 생각합니다."

"으음!"

"무당에는 사백님이 필요합니다."

덜덜덜!

노인의 눈동자가 흔들렸다.

별거 아닌 한마디인데 이상하게도 그의 심장을 두근거리게 만들었다.

동시에 깨달았다.

그가 바란 건 아주 대단한 게 아니라고 말이다.

"……내가 말이더냐?"

"예. 제 사부님께서도 사백님과 같았습니다. 어느 순간 무당에서 잊혔습니다. 찾아오는 이 없이 저와 단둘이서 소실된 무공을 복원하기 위해 연구하고 또 연구하셨습니다. 그러다가 결국 몸이 망가지셨습니다."

"역시 그랬나……."

노인이 눈을 감았다.

얘기만 들어도 어땠을지 훤히 보여서였다.

재능은 부족할지 모르나 끈기만큼은 누구보다 뛰어났던

게 명운이었다.

성격도 유순해서 남이 뭐라 해도 웃기만 하던 아이였고.

'그래도 넌 성공했구나. 이렇게 헌앙한 제자도 남기고.'

노인의 가슴속에서 부러운 감정이 솟구쳤다.

최소한 명운은 자신의 흔적이라도 남겨 놓은 것 같아서였다.

반면에 그는 죽지 못해 살고 있었다.

누구도 찾아오지 않는 이곳에서 혼자 말이다.

"저는 오직 사백님만이 할 수 있는 일이 있다고 생각합니다."

"내가 말이냐?"

"예. 실패에서도 배울 게 있으니까요."

움찔!

노인의 두 눈이 커졌다.

생각지도 못한 말에 놀란 것이었다.

그런데 신기한 건 그 한마디가 주는 울림이었다.

"실패는 반복되지 말아야 하지 않을까요? 그리고 실패는 누구나 할 수 있지 않습니까."

"내가, 내가 도움이 되겠느냐?"

"저는 그렇게 생각합니다. 적어도 혼자보다는 둘이, 그리고 셋이 낫지 않겠습니까."

"허허허허."

노인은 대답을 하지 않았다.

그저 복잡한 표정으로 알 수 없는 웃음을 흘렸다.

하지만 유하성은 느낄 수 있었다.

저 웃음에 수많은 감정이 담겨 있음을 말이다.

"사백뿐만 아니라 다른 분들도 모실 생각입니다. 그래서 무당의 무공을 더 개량하고 발전시킬 생각입니다."

"가능할까?"

"시작부터 안 된다고 생각하고 하지 않으면 달라지는 건 없을 겁니다. 하지만 시도를 한다면, 조금이라도 달라지지 않겠습니까? 그리고 말씀드렸지 않습니까. 사부님께서 편안히 눈을 감으셨다고요."

"그 말은······!"

노인이 화들짝 놀랐다.

당연히 성공하지 못했을 거라 생각했기에 그는 흘려들었었다.

그런데 유하성의 말을 들어 보니 성과가 있는 모양이었다.

"면장은 복원되었습니다."

"허어! 장하도다! 정말 장한 일이야!"

"제가 사백님을 찾아온 건 그저 무당만을 위해서가 아닙니다. 앞으로 주화입마를 당할지 모를 제자들을 조금이라도 줄여 보고자, 위험성을 낮춰 보고자 찾아왔습니다. 모든 심마와 문제를 밝혀낼 수는 없겠지만 적어도 가능성은 낮출 수 있지 않을까요?"

노인의 두 눈에서 빛이 나기 시작했다.

자신이야 이미 늦어서 어쩔 수 없다지만 아직 어린 제자들은 아니었다.

그렇기에 노인은 마음이 순식간에 기우는 걸 느꼈다.

"내가, 할 수 있을까? 주화입마를 막을 수 있을까?"

"전부 다는 불가능할 겁니다. 하지만 어느 정도는 줄일 수 있지 않겠습니까."

"그래. 그거면 충분하지."

노인은 고개를 주억거렸다.

더 이상 그의 눈동자는 흔들리지 않았다.

자신을 잊은 무당이 미웠지만, 그럼에도 그는 아직 무당의 제자였다.

또한 무당을 사랑하기도 했고.

"감사합니다."

"나야말로 잘 부탁하마. 보다시피 몸이 불편해서 말이지."

"그건 걱정하지 않으셔도 됩니다. 우선 이동하시죠."

유하성이 웃으며 몸을 돌렸다.

그러고는 편히 업힐 수 있도록 몸을 낮췄다.

여기까지 어떻게 들어왔는지 싶을 정도로 외진 곳이니만큼 업고 이동할 생각이었다.

"무겁지는 않을 게야."

"무거워도 괜찮습니다. 산길을 오르내리는 건 익숙하니까요."

"오랜만에 다른 사람들을 보겠구나……."

노인의 몸이 떨렸다.

힘들어서 떨리는 게 아니라 긴장으로 떨리는 것이었다.

그걸 느끼며 유하성은 땅을 박찼다.

이윽고 둘의 신형이 순식간에 사라졌다.

"썩 꺼져라! 네놈과는 할 말이 없으니!"

강퍅한 인상의 노인이 욕설을 내뱉었다.

겉모습대로 한 성격 하는 모습이었다.

그러나 유하성은 당황하지 않았다.

모든 일이 술술 잘 풀릴 거라고는 생각하지 않아서였다.

"어르신의 도움이 필요합니다."

"도움은 무슨. 나 없이도 무당파는 잘 굴러간다."

"맞습니다. 하지만 정체되어 있지요."

"호오. 그걸 인정하는 놈이 있을 줄은 몰랐는데?"

나이를 짐작하기 힘들 정도로 주름이 자글자글한 노인이 의외라는 표정을 지었다.

소림사와 양대산맥이라 불리는 만큼 무당파의 제자들이

가지는 자부심은 상당했다.

그 또한 과거에 마찬가지였고.

"그래서 어르신의 도움이 필요합니다."

"일없다. 난 이제 야인이야. 반쪽짜리 제자이기도 하고. 아니지. 이제는 제자라고 하기도 그렇지. 날 기억하는 이들이 없으니."

"저 역시 속가제자입니다."

"네가?"

나이가 무색할 정도로 매서운 눈빛이 유하성을 훑었다.

비록 자질이 부족해 높은 수준에 이르지는 못했으나 그 역시 평생 동안 고련해 온 무인이었다.

그렇기에 안목만큼은 누구에게도 뒤지지 않았다.

정확하게 가늠은 못 할지라도 대단한지, 무난한지 정도는 구분이 가능했다.

"예."

"속가제자의 수준이 아닌데?"

"그게 보이십니까?"

"연륜으로 추측하는 거지. 난 고수가 아니니까 다른 방법으로. 아니지. 나름의 비법이라고 해야 하나. 그걸로 얼추 때려 맞히는 거지."

노인이 키득거렸다.

자괴감이 서려 있는 웃음이었다.

무당
패왕
武當霸主

"저는 바로 그 능력이 필요합니다."

"시끄럽고, 얼른 꺼져. 좁쌀만큼 남은 정 때문에 몇 마디 나눠 준 것뿐이다. 이제 그만 나가라."

다시 냉막한 표정으로 돌아온 노인이 서릿발 같은 기세로 입을 열었다.

더 이상은 대화하지 않겠다는 듯이 말이다.

"그런데 왜 아직 균현에 머물고 있으십니까. 아직 미련이 남아 있어서 그런 거 아닙니까?"

"손주들 때문에 있는 거다. 이제는 이 아이들이 내 삶이니까."

"무당은 달라질 겁니다. 이미 몇몇 분들이 합류하셨습니다."

"부질없는 짓이다. 네놈들이 그런다고 저어기 높으신 분들이 알아줄 것 같으냐? 전혀. 오히려 성과가 있으면 날름 삼키기 바쁠걸? 큭큭!"

유하성은 순간 말문이 막혔다.

며칠 전의 일이 떠올라서였다.

"그러니 더더욱 변화가 필요하지 않겠습니까."

"말이 되는 소리를 지껄여. 그게 될 것 같아? 어림 반 푼어치도 없다. 그러니 그냥 가라. 더 욕보지 말고."

노인이 손을 휘휘 저었다.

더 이상은 상대하지 않겠다는 뜻이었다.

하지만 유하성은 움직이지 않았다.

"어떻게 하면 어르신의 마음을 돌릴 수 있겠습니까?"

"왜 돌려. 네가 돌아서 나가면 되는데. 그러니까 좀 가라고. 썩 꺼지란 말이다!"

끈덕지게 매달리는 유하성의 모습에 이제는 짜증이 나는지 노인이 거칠게 소리쳤다.

그러자 마당이 보이는 문 뒤에 서서 둘을 지켜보던 남매 둘이 퍼뜩 놀랐다.

평소에는 인자하기 짝이 없는 할아버지가 큰소리를 치자 놀란 것이었다.

"허허. 아무것도 아니다. 어여 들어가 있어. 할아버지 곧 들어갈 테니."

큰소리를 치고 퍼뜩 정신을 차린 노인이 표정을 싹 바꾸고서 손자들에게 말했다.

유하성과 대화할 때와는 전혀 다른 어조로 말이다.

부드럽기 짝이 없는 그의 목소리에 몰래 훔쳐보던 남매가 배시시 웃으며 조심스럽게 문을 닫았다.

"검선께서 오신다면, 믿으시겠습니까?"

"시답잖은 소리 그만하고, 얼른 꺼져!"

"저녁에 다시 오겠습니다. 그때 다시 얘기하시죠."

"그럴 일 없다!"

노인이 콧방귀를 뀌며 몸을 돌렸다.

이제는 진짜 끝이라는 듯이 그가 먼저 몸을 돌렸던 것이다.

그런 그에게 유하성은 작게 묵례를 하고는 무당산으로 되돌아갔다.

이번에는 아무래도 도움이 필요할 듯했다.

'슬슬 이야기를 할 때도 되었고 말이지.'

유하성이 경쾌한 발걸음으로 감쪽같이 사라졌다.

끼이익! 쿵! 우지끈!

창밖이 시끄러웠다.

무언가를 두들기고 끼워 맞추는 듯한 소리가 연신 울려 퍼졌다.

그런데 시끄러운 밖과 달리 실내의 분위기는 차분했다.

"이런 일을 준비하고 있을 줄은 몰랐는데 말이다."

유하성이 따라 준 차를 한 모금 들이켜며 명천이 입을 열었다.

정말 생각지도 못한 일을 벌였기에 명천은 살짝 놀란 표정이었다.

하지만 한편으론 은은한 기대감도 서려 있었다.

"누군가는 해야 하는 일이라고 생각해서요. 그분들께서

당하신 게 남 일 같지 않기도 했고요."

"크흠!"

명천이 헛기침을 했다.

어떻게 보면 그를 탓하는 말과도 같아서였다.

그러나 변명할 생각은 없었다.

핑계를 댈 여지도 없었고.

"폐인이 되었다고 해서 쓸모가 없다고는 생각하지 않습니다. 또한 무위가 낮다고 해서 다 헛된 말이라고 생각하지도 않습니다."

"그 부분에 대해서는, 내가 할 말이 없구나. 그들 입장에서는 폐기처분 당했다는 생각이 들어도 하등 이상하지 않으니까."

명천이 무거운 어조로 입을 열었다.

사실 변명하려고 하면 할 수 있었다.

주화입마에 빠져 폐인이 된 이들의 처우는 무당파만 이러는 게 아니었다.

구대문파나 오대세가를 비롯해 명문대파들의 결정 역시 무당파와 비슷했다.

"이해는 합니다. 옳은 일이라고는 생각하지 않지만."

"잘못한 일이지. 좀 더 신경 써야 하는 부분인데 그러지 못했으니까. 어떻게 보면 그 실수들이 모이고 모여 명운이와 같은 일이 벌어진 거고."

"제가 없었다면 이런 자리도 만들어지지 않았겠죠."

"……부정하지 못하겠구나."

"그래서 지금이라도 달라져야 한다고 생각합니다. 혹 제가 주제넘은 짓을 하는 것입니까?"

찻잔을 내려놓으며 유하성이 명천을 쳐다봤다.

그는 무당파를 위해서 하는 일이었으나 모두가 그리 생각하지는 않을 터였다.

때문에 유하성은 진심으로 물었다.

"아니. 잘한 선택이다. 오히려 내가 고맙다고 해야 할 정도로. 장문인도 그리 생각할 거다. 문파의 미래를 위해서도 반드시 필요한 일이기도 하고. 빈둥빈둥 농땡이나 피우는 녀석들에게 쓸 바에는 이 일에다가 투자하는 게 백번 낫지. 그리고 우리가 청정도문이라지만 돈이 없는 건 아니다. 오히려 꽤 많은 편이지."

"그렇습니까."

"그러니 자금은 걱정하지 않아도 된다. 내가 팍팍 지원해 줄 테니까! 정 안 되면 내 사비로라도. 이제는 뒷방 늙은이가 되었지만 그래도 돈이 아예 없지는 않아."

"감사합니다."

"어쨌든 잘됐다. 네가 사문에 관심을 가져 줘서."

명천이 빙그레 웃었다.

지은 죄가 있기에 그는 말은 못 꺼내고 속앓이를 많이 했었다.

유하성의 입장에서는 사문을 미워해도 하등 이상하지가 않아서였다.

그래서 가슴속의 응어리가 풀어질 때까지 시간이 제법 걸릴 거라 생각했는데 다행히도 빨리 털어 낸 것 같았다.

"저 역시 무당의 제자이니까요."

"아, 그리고 무요와 무정의 징계가 결정 났다. 둘 다 오 년 동안 장로직 박탈에 면벽동에서 개별로 면벽행 처분을 받았다. 일종의 구금 처분인 것이지."

"오 년 후에는 장로로 복귀하겠군요."

"아니. 그때 다시 회의가 열릴 것이다. 뉘우친 게 없다면 장로직 복귀도 없다. 적어도 그때까지는 내가 살아 있을 테니까."

무슨 소리냐는 듯이 명천이 피식 웃었다.

다른 일도 아니고 사제에게서 무공을 빼앗으려 한 일이었다.

원래는 이보다 더한 중징계가 내려져야 했으나 장로들의 반발로 인해 이 정도에서 끝났다.

하지만 그렇다고 해서 이대로 물러날 생각은 전혀 없었다.

"그때가 되면 많은 게 달라져 있을 겁니다."

"하긴. 나는 이제 지는 태양이지만 너는 떠오르는 태양이니까."

제21장 누구에게나 가능성은 있다

명천이 눈을 반짝이며 유하성을 쳐다봤다.

무율이 무당파를 지켜 주는 든든한 거목이라면 유하성은 성문을 쪼개 버리는 공성추였다.

가로막는 건 뭐든지 다 때려 부술 것 같은 공성추.

게다가 더 중요한 건 그의 눈으로도 유하성의 한계가 보이지 않는다는 점이었다.

'분명 숨기는 한 수가 있는데. 하긴, 무인이라면 구명절초 하나씩은 가지고 있는 거니까.'

명천은 씨익 웃었다.

뭔가를 숨기고 있는 게 분명했지만 그는 묻지 않았다.

유하성이 강해서 그가 나쁠 건 없었다.

오히려 그는 유하성이 이 정도로 성장한 게 더없이 기특했다.

"아직 정정하십니다만."

"명운이는 나보다 어린데도 불경스럽게 먼저 귀천하지 않았느냐. 나도 언제 갈지 모른다. 누군가에게 죽임을 당할지도 모르고. 지금은 평화롭지만, 사실 이런 때가 제일 위험하지."

"폭풍 전의 고요일 수도 있으니까요."

"맞아. 그러니까 늘 대비를 하고 있어야 해. 평화롭다고 마음을 놓았다간, 폭풍이 오면 그냥 휩쓸릴 테니까."

명천이 흐뭇한 표정을 지었다.

앞에 앉은 유하성을 보고 있으면 밥을 먹지 않아도 배가 불렀다.

무율과 유하성이 있는 한 무당파는 앞으로도 천하를 호령할 터였다.

아니, 어쩌면 처음으로 소림사라는 벽을 넘을지도 몰랐다.

'나는 넘지 못했지만, 너는 다를 수 있다.'

무당검선으로 불리는 게 바로 자신이었다.

하지만 그럼에도 일성(一聖)이라 불리는 소림사의 성승을 넘지 못했다.

그러나 유하성은 다를지도 몰랐다.

"일단 사백께서는 허락하신 것이죠?"

"안 할 이유가 없지."

"그럼 장문사형께만 따로 말씀드리면 되겠네요."

"아마 거절하지 않을 거다. 단기적으로 성과를 보기는 힘들겠지만 장기적으로는 반드시 필요한 일이니까. 만약에 안된다고 하면 내가 사비로라도 지원해 줄 테니까 넌 하고 싶은 대로 쭉 밀고 나가면 된다."

이 정도쯤은 아무것도 아니라는 듯이 명천이 말했다.

더한 것도 해 줄 수 있다는 듯이 말하는 모습에 유하성은 잘되었다는 듯이 입을 열었다.

"사백께 한 가지 부탁드리고 싶은 게 있습니다."

"말만 해."

"균현에 속가제자이신 분이 계십니다. 무공을 익히셨지만 무인이라기보다는 무학사에 가까우신 분입니다. 그런데 사문에 맺힌 게 많은 모양입니다. 제가 찾아가 봤는데, 설득이 쉽지 않았습니다."

"한마디로 내 명성이 필요하다는 것이로구나?"

명천이 씨익 웃었다.

이런 일이라면 얼마든지 해 줄 수 있었다.

"맞습니다. 명자배가 아닐까 추측합니다만 정확하게는 모릅니다. 저도 우연히 알게 된 사실이라. 속가제자는 도명이 없어 항렬을 알기가 어렵지 않습니까."

"얼굴을 알지 않는 이상 다른 사람이 알아보기가 쉽지 않지. 제자가 한둘도 아니고. 속가제자의 자식도 잠시 본산에 와서 무공을 배우고 떠나는 경우도 허다하니까."

나이만으로 배분을 따질 수 없는 게 바로 이런 문제였다.

그래서 잘 모를 때에는 사부가 누구인지 묻는 것이었다.

"겸사겸사 쌓인 한도 좀 풀어 주셨으면 좋겠고요."

"내 업보니 당연하지. 그게 아니더라도 전대 장문인으로서 책임져야 할 부분이기도 하고."

오늘 오면서 명천은 많은 걸 느낄 수 있었다.

비공식적으로 폐기처분을 받은 이들이 의외로 많다는 걸 말이다.

그리고 버림받았음에도 끝끝내 무당산에 남아 있었다는 유하성의 말에 명천은 고개를 들 수가 없었다.

나름 무당파를 잘 이끌었다고 생각했는데 그건 그만의 착각이었다.

"바로 가시죠. 저녁에 다시 찾아간다고 했습니다."

"그래. 쇠뿔도 단김에 빼랬다고 바로 가자."

"예."

유하성이 자리에서 일어났다.

이윽고 두 사람의 신형이 바람처럼 사라졌다.

둘 다 고수다운 면모를 선보이며 순식간에 균현으로 날아갔던 것이다.

"어, 어?!"

약속한 대로 명천을 데려오자 노인이 입을 쩍 벌렸다.

그러고는 자신의 볼을 꼬집었다.

한 번으로는 성에 차지 않는지 양쪽을 번갈아 가며 꼬집고는 믿을 수 없다는 듯이 유하성을 쳐다봤다.

"말한 대로 모셔 왔습니다."

"지, 진짜 검선이십니까?"

"무림에 나 말고 또 다른 검선이 있나? 내가 알기로는 없는데. 검제는 있지만."

꿀꺽!

그저 서 있는 것뿐인데도 명천에게서는 절대고수의 풍모가 물씬 풍겼다.

딱히 존재감을 드러낸 것도 아닌데 말이다.

그냥 보는 순간 '아! 고수구나!'라는 느낌이 드는 모습에 노인은 마른침을 삼켰다.

"만나 뵙게 되어 영광입니다!"

"나를 봐야 대화할 생각이 있다고 했다며?"

"그게, 그러니까……."

당황해서일까.

노인은 낮에 유하성을 대했던 것과는 정반대의 모습을 보였다.

거침없이 욕설을 내뱉던 그가 얌전한 고양이처럼 눈치를 살폈던 것이다.

그 모습에 유하성이 속으로 실소를 흘렸다.

"누구에게 사사했나?"

"경만 진인이셨습니다. 그런데 저와 마찬가지로 무공을 주로 연구하시던 분이라 잘 모르실 겁니다."

"경자배이셨군."

"예."

명천이 곰곰이 생각에 잠겼다.

그러나 딱히 떠오르는 기억은 없었다.

하지만 기억이 나지 않는 것일 뿐 만난 적은 있었을 터였다.

더욱이 경자배라면 그의 사부와 같은 항렬이었다.

"어쨌거나 나와 같은 배분이로군."

"아닙니다. 제가 어찌."

노인이 손사래를 쳤다.

배분이 같다고 해서 신분이 같지는 않아서였다.

더욱이 지금 그의 앞에 서 있는 무인은 당대의 천하십대고 수였다.

그것도 검으로는 적수가 없다는 검객이 명천이었다.

"하성이에게 얘기는 대충 들었네. 이 녀석을 대차게 깠다고?"

"그게……."

노인이 다시 한번 마른침을 삼켰다.

장난스럽게 말했으나 그걸 순수하게만 받아들일 수가 없어서였다.

"따지려는 게 아니네. 나 역시 부탁하려는 것이네."

"예?"

노인이 잘못 들었다는 듯이 반문했다.

상상도 못 한 말을 듣자 당황한 것이었다.

"나 역시 하성이의 계획을 지지한다네. 반드시 필요한 일이라고 생각하고 있고. 그리고 제자들의 미래를 위해서라도 반드시 해야 한다고 생각하네."

"어……."

노인이 두 눈을 껌뻑거렸다.

도와 달라고만 말했지 세세한 설명은 하지 않았기에 아직 자세한 내용을 몰라서였다.

그런데 또 이제 와서 말해 달라고 하기에도 좀 그랬다.

다짜고짜 쫓아낸 게 바로 그였으니까.

"무당파의 무공을 발전시킬 생각입니다. 물론 쉽지는 않겠지만 반드시 필요한 일이라고 생각합니다. 발전이 없다는 건 정체되어 있다는 거고, 그건 곧 퇴보를 뜻하니까요. 그리고 주화입마에 대한 연구도 할 계획입니다. 사례를 최대한 모아서 미연에 방지하는 방법을 찾는 게 목표입니다."

"으음!"

노인이 고개를 주억거렸다.

들어 보니 방향성은 확실했다.

다만 계획은 좋았으나 여기에는 아주 치명적인 문제가 있었다.

"지원은 걱정하지 말게. 장문인이 못 하겠다고 하면 내가 사비로라도 지원할 생각이니."

"한 가지 더 여쭈어봐도 되겠습니까?"

"하나 정도야. 하게."

명천이 흔쾌히 허락했다.

하나 정도는 얼마든지 대답해 줄 수 있었다.

두 개라면 귀찮았겠지만.

"대체 저 청년은 누굽니까?"

"흐으음. 어떻게 설명해야 하나."

진심으로 궁금하다는 듯이 묻는 노인의 말에 명천이 입가를 씰룩였다.

누가 봐도 음흉스러운 표정을 지었던 것이다.

그 모습에 유하성의 표정이 떨떠름하게 변했다.

"속가제자라고 하는데 제가 무위는 낮아도 안목은 제법 뛰어난 편입니다. 그런데 저 정도의 나이에 속가제자가 저렇게나 강한 건 말이 되지 않습니다."

"맞아. 속가제자라고 해서 다 약한 건 아니지만 대개 나이를 좀 먹어야 하지. 오랜 시간 수련을 해야 하니까. 근데 예외도 있는 법이야. 보다시피 하성이가 그 예고. 쉽게 말하자면 속가제자이지만 장로와 같은 배분이고, 웬만한 장로들을 두드려 팰 실력자라고나 할까."

"허어."

노인이 믿을 수 없다는 표정을 지었다.

같은 배분이라고 하나 유하성의 나이는 서른 안팎으로 보였다.

현재 무당파의 장로들인 무자배들은 마흔 이상이었고.

물론 나이를 건너뛰는 건 무림에서 흔한 일이긴 했으나 중요한 건 비교 대상이 무당파의 장로들이라는 점이었다.

"또한 무당면장의 당대 계승자이기도 하지."

"그, 그 말씀은……!"

"나에게는 사제인 명운과 함께 면장을 복원한 게 바로 하성이네."

노인의 두 눈은 더 이상 커지기 힘들 정도로 커졌다.

지난 이백 년 동안 누구도 복원하지 못했던 면장을 복원했다고 하자 그는 무학사로서 경외심이 생겼다.

하나의 무공을 복원하는 건 단순히 노력한다고 해서 되는 게 아니었기 때문이다.

"면장은 시작일 뿐입니다. 아직 무당은 갈 길이 멉니다.

그 길을 어르신께서 함께해 주셨으면 좋겠습니다.”

“하겠네!”

노인이 유하성의 손을 덥석 잡았다.

낮에 보였던 태도와는 완전 딴판이었다.

그 모습에 유하성은 씨익 웃었다.

이제 좀 톱니바퀴가 맞는 듯한 느낌이었다.

“허허허.”

명천도 노인의 대답에 흡족한 듯 웃음을 흘렸다.

작게나마 유하성에게 도움이 되어 기쁘기도 했고 말이다.

“거처는 어떻게 하시겠습니까? 일단 다 함께 지낼 숙소를 짓고 있기는 한데 집이 이곳이시니 꼭 무당산에 머물 필요는 없으시니까요.”

“그때그때 상황을 보아 가며 지내겠네. 바쁘지 않을 때는 집으로 오고, 계속 있어야 할 때는 머물고.”

“알겠습니다.”

어떤 것이든 강제할 생각은 없었다.

적당한 압박과 긴장은 두뇌를 활성화시키지만 그게 과해지면 몸과 정신이 망가지기 마련이었다.

그렇기에 유하성은 최대한 자율성을 보장해 줄 생각이었다.

꼭 들인 노력만큼 성과가 비례하는 건 아니었다.

‘애초에 의지 역시 다들 확실하고.’

그가 아니었어도 스스로 연구하고 실험하는 이들이 모인 것이었다.

때문에 유하성은 크게 걱정하지 않았다.

자재와 인력이 충분하니 2층 건물 하나가 이틀 만에 뚝딱 지어졌다.

과거 목수 일을 하던 제자가 총괄하니 정말 금방 지어졌던 것이다.

물론 실용성에 치중해 멋스러움은 많이 부족했으나 누구 하나 거기에 불만을 가지지는 않았다.

오히려 몇몇 이들은 함께 연구하고 토론하며 다른 사람들과 함께할 수 있다는 사실에 속으로 눈물을 찔끔 흘렸다.

"괜찮네."

"당장은 급하니까 임시로 쓰고 제대로 하나 더 짓는 게 낫지 않을까요?"

"왜? 무당파의 건물이라고 하기에는 너무 초라해 보여서?"

"그게 아니라 제대로 대우해 드리는 게 맞는 것 같아서요."

칼날처럼 파고드는 유하성의 말에 원상이 손사래를 쳤다.

그는 절대 그런 의도로 말한 게 아니었기 때문이다.

"다들 만족하시는 거 같은데?"

"그래서 더 좋은 환경을 만들어 드리고 싶은 것도 있습니다."

"아서라. 네가 할 수 있는 일이 아냐."

"사숙께서 나서시면 해결될 일이지 않습니까."

원상이 빙그레 웃었다.

무당파의 전대 장문인과 당대 장문인이 유하성을 지지하고 있었다.

그게 문파 내에 파다하게 소문이 났기에 원상은 유하성이 마음만 먹는다면 불가능하지 않다고 생각했다.

"지금 당장 급한 건 아니니까. 저 정도만 해도 충분하고. 인원이 늘어나서 공간이 부족하게 되면 그때 가서 생각해도 될 문제니까."

"그건 그렇네요."

원상이 고개를 주억거렸다.

동시에 유하성이 그리는 게 상당히 큰 그림임을 알 수 있었다.

"근데 괜찮아? 나와 같이 있어서 좋을 게 없을 텐데?"

유하성이 의미심장한 표정을 지었다.

그러나 그 말에도 원상은 씨익 웃었다.

지금 유하성이 무엇을 묻는 건지 모르지 않아서였다.

"저는 괜찮습니다. 저 녀석이야 아무 생각 없이 왔겠지만요."

"괜히 미운털이 박힐 수 있어."

유하성이 지나가는 투로 말했다.

그러나 그 안에는 아주 약간의 걱정이 서려 있었다.

자신이야 막 나가도 상관이 없지만, 아니 정확하게는 이미 돌이킬 수 없지만 원상이나 원호는 아니었다.

더욱이 처신을 잘하는 게 원상이었기에 유하성은 그를 위해서 말했다.

"어차피 모든 사람들에게 호감을 얻을 수는 없지 않습니까. 그리고 저는 이게 옳은 길이라고 생각합니다."

"중립적인 성향이라고 생각했는데."

"맞습니다. 하지만 이건 다른 문제입니다. 저 역시 무당파의 제자이니까요. 당연히 무당파를 위한 일을 하는 게 맞지 않겠습니까?"

"호오."

의외의 대답이어서일까.

유하성이 살짝 놀란 표정을 지었다.

"사실 파벌 싸움을 하는 게 마음에 안 들기도 하고요. 물론 서로 견제하고 경쟁하며 성장할 수도 있지만 적어도 제가 지금까지 봐 온 바에 의하면 딱히 성장한 것 같아 보이지 않습니다. 오히려 사숙께서 혁신을 이루어 내고 계시죠."

"뭐, 생각은 언제든지 바뀌니까. 너 하고 싶은 대로 해."

"알겠습니다."

"연무장도 다 만들었습니다!"

유하성이 원상과 대화하는 사이 이대제자들과 함께 한곳의 땅을 다지던 원호가 씩씩하게 소리치며 다가왔다.

일대제자답지 않게 흙먼지가 가득한 모습이었으나 원호의 표정은 밝았다.

"고생했다."

"아닙니다! 앞으로 저도 쓸 곳인데요. 병기진열대와 십팔반병기들은 오후에 아이들이 가져오기로 했습니다."

"그래."

"이제 이곳이 연구동이 되는 것인가요? 아, 동굴이 아니니 연구동이라고 하기 좀 그런가?"

"연구동이라."

원호의 말에 유하성이 턱을 쓰다듬었다.

꼭 동굴이 아니더라도 의미만 보면 틀린 말이 아니었다.

"아직 이름이 딱히 없는 것 같아서요. 하하."

가벼운 말에 너무 진지하게 반응하는 것 같아 원호가 어색하게 웃으며 눈치를 봤다.

혹시나 자기가 실수한 건가 싶어서였다.

하지만 유하성은 고개를 저었다.

"아냐. 괜찮네. 정작 만들 생각만 하고 이름은 따로 생각

무당
패왕
武當霸王

하지 않았으니까. 의견을 취합해 봐야겠지만 임시로 쓰기에
는 나쁘지 않을 것 같아."

"그, 그렇죠?"

"근데 넌 나한테 서운하지 않아?"

"제가요?"

원호가 두 눈을 동그랗게 떴다.

갑작스러운 질문에 당황한 것이었다.

"면장은커녕 대련도 해 주지 않으니까."

"에이. 저도 염치는 있습니다, 사숙. 후개인 이 소협도 일
년 가까이 따라다녔는데도 못 하지 않았습니까. 그리고 아직
스스로 생각하기에도 수준이 안 된다고 생각합니다. 또 은근
슬쩍 알려 주시는 게 정말 큰 도움이 되기도 하고요."

"일단 사람이 됐지. 암."

옆에 있던 원상이 거들었다.

제 잘난 맛에 살던 원호를 사람으로 만든 게 바로 유하성
이었다.

만약 유하성을 만나지 못했다면 원호는 여전히 천둥벌거
숭이처럼 살고 있었을 터였다.

자기가 정말 잘난 줄 알면서 말이다.

"뭐, 부정하지는 못하겠네."

"바로 이런 점에서 사람이 되었다는 거지."

"오랜만에 제대로 한번 붙어 볼까?"

"이제는 안 무서워. 나도 많이 강해졌거든."

"그러니까 한번 확인해 보자고."

진중한 분위기가 단숨에 박살 나며 두 사람이 으르렁거렸다.

한동안 잠잠하더니 이제 좀 무당산에 온 게 적응된 모양인지 티격태격했다.

"나가서 해, 나가서."

"예!"

"알겠습니다!"

유하성의 손짓에 두 사람이 연무장으로 향했다.

첫 개시는 자기들이 하겠다는 듯이 말이다.

"둘 다 의욕이 넘치네."

"한창 혈기왕성할 때 아닙니까."

"자네도 똑같을 때야."

"전 이제 서른하나 아닙니까."

처음으로 모신 이인 명견이 피식 웃었다.

그런데 첫 대면 했을 때와 달리 그는 몸을 떨지 않고 있었다.

여전히 지팡이를 짚고 있긴 했지만 말이다.

"서른하나도 청춘이지."

"음. 아저씨라던데요."

유하성이 복건성에서 열심히 수련하고 있을 소년 하나를

떠올리며 말했다.

삼촌이나 숙부뻘인데도 당당히 형님이라 부르던 소년이 떠오르자 유하성은 웃음이 났다.

"그것도 틀린 말은 아니지."

"몸은 어떠십니까?"

"좋네. 더할 나위 없이 좋아. 잘 먹고, 치료도 받고 있으니까. 거기다 밤새워 토론할 친구들까지 생겼으니까. 이런 행복을 내가 누려도 되나 싶을 정도야."

명견의 눈가가 촉촉해졌다.

무당파에서 버림 아닌 버림을 받고 그는 아무도 모르게 홀로 죽을 거라고 생각했었다.

그 시기가 그리 머지않았다고 생각하기도 했고.

한데 유하성이 찾아오고 나서 모든 게 달라졌다.

"누리기만 하면 안 됩니다."

"허허. 당연하지. 성과도 있어야지. 근데 연구만으로는 한계가 있어. 물론 자네가 있으니 크게 걱정하지는 않지만 그래도 어느 정도의 인원은 필요하네."

"안 그래도 그 부분을 생각하고 있었습니다."

"이거 내가 괜한 말을 했구먼. 독촉하는 것처럼."

"아닙니다. 앞으로도 필요하신 게 있으시면 기탄없이 말씀해 주십시오."

"고맙네. 정말로."

명견의 두 눈에 감격이 떠올랐다.

자신을 찾아와 준 것만으로도 감사한데 이런 장소까지 만들어 주었다.

거기에 지원까지 든든하게 해 준다고 하자 명견은 금방이라도 울 것 같은 표정을 지었다.

"저는 당연히 해야 할 일을 한 것뿐입니다."

"그러나 엄밀히 말해 자네가 꼭 해야 할 일은 아니었지."

"누가 해야 하는가보단, 누군가라도 했다는 게 중요하지 않겠습니까."

"그 마음을 모두가 알아주었으면 좋겠는데 말이지."

명견이 의미심장하게 말했다.

비록 잊히고 버려졌던 존재였지만 그 역시 눈이 있고 귀가 있었다.

돌아가는 사정을 듣지 못했을 리가 없었다.

"저는 신경 쓰지 않습니다."

"대신 우리가 있다는 것만 기억해 주게나."

"알겠습니다."

"근데 자금 사정이 괜찮나? 전대 장문인께서 사비를 털어서라도 도와주시겠다고는 하지만 인원이 제법 되지 않나. 앞으로 더 늘어날 가능성도 컸고."

명견이 갓 지어진 목조건물을 바라보며 운을 뗐다.

지금이야 열 명이 채 되지 않기에 주인이 있는 방보다는

武當霸王
무당
폐왕

없는 방이 더 많았지만 나중에는 몰랐다.

개량된 무공을 익히고 시험할 제자들을 생각하면 자금이 꽤 많이 들어갈 게 분명했다.

먹는 문제야 벽곡단도 있고, 사냥과 채집으로 충당한다지만 사람은 먹고, 자고, 싸기만 할 수는 없었다.

"그 문제는 걱정하지 않으셔도 됩니다. 장문인께서 지원해 주시기로 했습니다."

"다행이로군."

"그러니 다른 걱정은 하지 말고 무공만 생각하시면 됩니다."

"허허허."

명견이 안도의 한숨을 내쉬었다.

그러면서 동시에 한 가지 궁금증이 생겼지만 입 밖에 꺼내지는 않았다.

당장 알아야 할 정도도 아니고 때가 되면 자연스레 알게 될 것 같아서였다.

우선은 그가 할 수 있는 일을 하는 게 먼저였다.

유하성은 원상과 함께 무당산 곳곳을 돌아다녔다.

길은 그 역시 어느 정도 알지만 제자들에 대해서는 자세히 몰라서였다.

반면에 원상은 원만한 인간관계를 가지고 있는 사람답게 일대제자들은 물론이고 상당수의 이대제자들에 대해서도 꽤나 많이 알고 있었다.

"주로 일대제자들을 둘러보실 생각이십니까?"

"어. 이대제자는 아직 어리기도 하고, 아직 스승이 정해지지 않았으니까."

"사숙께서도 슬슬 제자를 받으실 때가 되지 않으셨습니까?"

유하성과 나란히 이동하며 원상이 슬쩍 물었다.

일찍 제자를 받아들이는 경우에는 유하성과 나이가 비슷해서였다.

"아직은 생각 없어."

"공표하시면 아마 많은 아이들이 지원할 것 같습니다."

원상이 확신하듯 말했다.

다른 이도 아니고 무당면장의 계승자였다.

또한 어떻게 보면 현재 무당의 실세라고 봐도 이상하지 않았기에 제자를 뽑는다고 하면 상당히 많은 아이들이 지원할 게 분명했다.

"언젠가는 받겠지만 지금은 아냐."

"어쩌면 제가 먼저 받을지도 모르겠습니다."

"그럴지도. 원호가 가장 먼저 받을 수도 있고."

"으음. 제자가 너무 불쌍한데요."

원상이 자기도 모르게 침음을 흘렸다.

상상하는 것만으로도 동정심이 무럭무럭 피어올라서였다.

"일단 찬찬히 둘러보자고. 방치된 일대제자들도 꽤 많다며?"

"예. 기대치를 채우지 못해서 방치된 경우도 있고, 제자로 들였음에도 신경을 아예 안 쓰는 경우도 있습니다. 아니면 불의의 사고로 스승을 잃어 혼자 수련하는 일대제자도 있습니다."

"마지막부터 가 보자고. 위치는 대략적으로라도 파악했지?"

"물론입니다. 모시겠습니다."

미리 지시를 내려 두었기에 원상이 믿음직스럽게 대답했다.

그러고는 앞장서서 이동했다.

무당산 곳곳에 퍼져 있는 만큼 오늘 내에 전부 다 돌아다니려면 부지런히 움직여야 했다.

"하압!"

유하성의 거처만큼이나 외진 곳에서 낡은 도복을 입고서 도를 휘두르는 청년이 있었다.

이십 대 안팎으로 보이는 젊은 청년이었는데 낡은 도복과 달리 눈빛과 도의 움직임은 상당히 인상적이었다.

기본기가 탄탄하면서 절도가 있었던 것이다.

"저 아이입니다. 도명은 원경이고 나이는 열아홉입니다. 원자배에서 제일 막내라고 보시면 됩니다."

"혼자서 열심히 했네."

원상의 설명을 들으며 유하성이 고개를 주억거렸다.

냉정히 말해 원경의 수준은 그리 뛰어나지 않았다.

자질 역시 평범 그 자체였다.

하지만 딱 하나, 혼자서 꾸준히 해 왔다는 걸 유하성은 도식을 보는 순간 알았다.

"저도 알아보고, 많이 놀랐습니다. 사숙님과는 다른 의미로 잊힌 제자들이 너무나 많아서요."

원상의 목소리가 무거워졌다.

저기 있는 원경에 비하면 그는 정말 편하게 수련하고, 생활해 왔다.

그래서 그는 미안했다.

그의 잘못이 아니었음에도 불구하고 말이다.

"다행이네. 적어도 너는 내 선택이 틀리지 않다는 걸 알고 있어서."

"이번 기회에 많은 이들이 알게 될 겁니다."

"알기만 해서는 달라지는 게 없지."

저벅저벅.

의미심장한 한마디를 남기고서 유하성이 걸어갔다.

그러자 그 기척에 홀로 수련하던 원경이 퍼뜩 놀랐다.

갑작스러운 인기척에 놀란 것이었다.

"누, 누구십니까?"

땡볕을 맞으며 수련해서 그런지 아직은 앳된 얼굴이 살짝 타 있었다.

수염도 거뭇거뭇하게 났지만 그래도 아직은 어린 티가 남아 있는 모습에 유하성은 빙긋 웃으며 입을 열었다.

"유하성이라고 해. 배분으로 따지면 너보다 하나 위고, 현 장로들과 같은 배분이야."

"아, 네."

원경이 두 눈을 껌뻑거렸다.

대뜸 찾아와서는 자기소개를 하니 이게 무슨 일인가 싶어서였다.

"너에게 한 가지 제안할 게 있어서 왔다."

"저에게, 말씀이십니까?"

"그래. 듣자 하니 혼자서 수련하는 거 같은데, 혼자보다는 함께 수련하는 게 낫지 않겠어?"

"혹시 제자로 들어오라는 말씀이십니까?"

딱 봐도 이립 정도로 보이지만 배분은 돌아가신 그의 사부와 같았다.

그렇기에 절차가 조금 복잡하기는 해도 아예 불가능한 건 아니었다.

다만 그가 그럴 생각이 없을 뿐.

"그럴 리가. 내 옷차림 보면 모르겠어? 나 속가제자야. 그건 해당 사항이 없지. 난 그저 너에게 약간의 도움을 주고 싶어서 찾아온 거다."

"……도움이요?"

원경의 표정이 기묘하게 변했다.

점점 더 알 수 없는 말을 해서였다.

"첫째로 무당은 너를 잊지 않았다는 걸 말해 주고 싶었고, 둘째로는 무당을 위해서이며, 셋째로 증명하고 싶은 게 있어서."

"셋 다 썩 와닿지는 않습니다만."

원경이 미심쩍은 눈빛으로 유하성을 쳐다봤다.

옆에 있는 원상과는 친분은 없어도 안면은 있었다.

그렇기에 유하성의 신분을 의심하지는 않지만 지금 한 말은 썩 신뢰가 가지 않았다.

"무당은 널 버리지도, 잊지도 않았다. 무당은 그저 무당일 뿐이지. 나나 원상이나 무당의 일부분일 뿐이다. 무당은 이곳에 계속 있었다."

"아."

무미건조하지만 묘하게 가슴을 울리는 말이었다.

더불어 그는 깨달을 수 있었다.

자신이 미워한 건 사람이지 무당이 아니라고 말이다.

그가 인지하지 못했을 뿐이지 무당은 언제나 곁에 있었다.

"첫 번째에 대한 설명은 이 정도면 될 것 같고, 두 번째는 말 그대로야. 무당을 위해서라도 뛰어난 실력자가 많으면 좋으니까."

"제가 고수가 될 수 있을 것 같습니까?"

원경이 조심스럽게 물었다.

무당파의 제자이기는 했으나 냉정하게 말해 그는 주목 받는 인물은 절대 아니었다.

고만고만한 자질과 재능.

그게 원경을 따라다니는 말들이었다.

"누구에게나 한계는 있지. 근데 중요한 건 한계를 넘을 수 있느냐, 없느냐지. 넌 어느 쪽이지?"

"……넘고 싶습니다."

"그럼 가장 필요한 게 무엇일까?"

유하성이 의미심장한 표정을 지었다.

마치 다 알고 있으면서 왜 묻냐는 듯한 얼굴이었다.

"의지이지 않을까요."

"알면서 왜 물어? 거기가 시작점이다. 시작은 누구나 할 수 있다. 다만 자신이 원하는 시작점에서 시작을 하지 못할 뿐이지. 그러나 재능이 있음에도, 누구보다 유리한 위치에서 시작할 수 있음에도 시작하지 않는 이들도 있다. 모든 건 마음먹기 나름이지. 그리고 이게 세 번째와도 일맥상통하고."

"저를 통해 증명하고 싶으신 겁니까?"

"정확하게 말하자면 이미 증명하고 있다. 나란 존재가 말이지. 다만 너에게 손을 내미는 건 나와 같은 이가 적어도 무당에는 없었으면 좋겠다고 생각해서다."

원경은 유하성을 지그시 쳐다봤다.

일대제자이지만 사실 그의 실력은 썩 뛰어나지 않았다.

누구보다 성실히, 열심히 했지만 그게 꼭 성장과 비례하지는 않았다.

그래서 유하성의 무경을 엿보는 건 힘들었지만 한 가지만은 확실하게 느낄 수 있었다.

'자신감. 거기다 원상 사형이 저렇게 깍듯하게 대한다면 그만한 자격이 있다는 것이겠지. 그리고 솔직히 말해 나로서는 손해가 없다.'

원경은 냉정하게 생각했다.

지금의 제안을 거절한다면 그는 또다시 혼자서 수련해야 했다.

아무도 찾아오지 않는 이곳에서 말이다.

가뜩이나 홀로 망망대해를 가로지르는 게 수련인데 거기에 외로움과도 싸워야 했다.

"어차피 무공 수련은 계속할 거잖아? 포기할 얼굴로 보이지는 않는데."

"혹시 다른 사람들도 있습니까?"

"차차 늘 예정이야. 의외로 소외된 이들이 많더라고."

"하겠습니다. 아니, 받아 주십시오."

소외라는 두 글자에 원경이 울컥했다.

막말로 유하성은 굳이 이런 일을 벌일 필요가 없었다.

무당파에서의 입지를 다지기 위해서라면 자신 같은 이가 아니라 다른 이들을 찾아가야 했다.

그렇기에 원경은 유하성의 진심을 느낄 수 있었다.

"후회하지 않을 거야."

"더욱 열심히 하겠습니다."

"그럴 필요까지는 없고. 이미 넌 충분히 열심히 했어. 단지 방향을 제대로 잡지 못했을 뿐. 노력하는 건 당연하지만 잘못된 방향으로 하면 비효율적이야. 그것만 잡아도 넌 훨훨 날 수 있을 거다."

따뜻함과는 먼 까칠한 말이었으나 원경은 이상하게도 기분은 썩 나쁘지 않았다.

오히려 감언이설이 아니기에 더욱더 신뢰가 가는 느낌이라고나 할까.

특히 마지막 말이 그의 가슴을 울렸다.

"지금처럼 열심히 하겠습니다."

"그래. 그 정도면 돼. 몸이 망가지지 않는 게 중요해. 잘못된 습관만 없애도 지금보다 훨씬 좋아질 거야."

"예."

"가자."

원경의 어깨를 가볍게 두드려 준 유하성이 몸을 돌렸다.

머물 방이 넉넉하기는 하나 그렇다고 합숙을 강요할 생각은 없었다.

자신처럼 이곳에 소중한 추억이 있을 수도 있고.

일단은 합류만 생각했다.

"우와……."

유하성의 제안을 받아들여 이곳에 온 제자들이 두 눈을 휘둥그레 떴다.

자기만 찾아오지 않았다는 걸 알고 있었지만 그래도 규모가 생각했던 것보다 큰 것 같아서였다.

게다가 진산제자들만 있는 게 아니라 속가제자들도 상당수 있었고, 나이대도 다양했다.

가장 어려 보이는 이가 십 대 후반인데 많게는 사십 대로 짐작되는 제자도 있었다.

"저기 계신 분들이 무학사들이신 것 같아."

"몸이 많이 안 좋아 보이시는데."

"주화입마의 후유증 때문이라고 하시더라."

"아."

주화입마라는 말에 삼삼오오 모여 있던 제자들이 탄식을 흘렸다.

동시에 하나같이 얼굴이 굳어졌다.

무인으로서 주화입마는 절대 떨어뜨려 놓을 수 없어서였다.

언제, 어느 순간 찾아올지 모르는 게 바로 주화입마였다.

"근데 한편으로는 든든하네."

"왜요?"

"다양한 사례를 모은다는 뜻이니까. 이유를 알면 미연에 방지도 할 수 있지 않겠어? 경험이 없는 사람보다는 있는 사람이 곁에 있는 게 대비하기도 편할 테고."

"정말 그러네요."

청년이 고개를 주억거렸다.

듣고 보니 정말 맞는 이야기였다.

특히나 자신들처럼 챙겨 주는 이 하나 없는 속가제자들에게는 더욱더 중요했다.

"연구하시는 분들 중에 속가제자이신 분도 있다고 하니까 무공은 걱정하지 않아도 될 거야."

"어? 근데 저기 저분은⋯⋯!"

"헉!"

모여 있던 사람들의 두 눈이 휘둥그레졌다.

상상도 하지 못한 인물이 그들의 시야에 잡혀서였다.

그래서인지 다들 하나같이 두 손으로 눈을 비볐다.

"내가 잘못 본 거 아니지?"

"헛것을 동시에 보지는 않겠죠."

"미쳤다…….."

"대체 어떤 분이신 거지?"

모두의 시선이 명천을 지나 유하성에게로 향했다.

명천의 등장이 유하성과 연관이 있을 거라고 생각해서였다.

그가 아니라면 이 상황이 설명되지 않았다.

"북적거려서 좋긴 한데, 한편으로는 마음이 아프구나."

"이렇게나 많을 줄은 몰랐죠?"

"……그래."

명천이 부정하지 않았다.

나름 장문인으로서 무당파를 잘 이끌었다고 생각했는데, 그건 착각이었다.

다른 이들이 그렇게 말해 주었기에 그리 믿었던 걸지도 몰랐다.

자신의 눈이 무당파 곳곳에 닿아 있다고 생각했는데 그건 크나큰 착각이었다.

"대신 제가 나서지 않았습니까."

"느끼는 바가 많아. 아주."

깊은 한숨과 함께 명천이 두 눈을 감았다.

후회와 자책이 가득 담겨 있었으나 이내 그는 표정을 가다듬었다.

이제 와서 후회해 봤자 달라지는 건 없었다.

사람은 미래를 기대하며 현재를 살아가기에 지금은 눈앞에 닥친 일을 생각하는 게 이로웠다.

"지금부터라도 차차 바꾸어 가면 된다고 생각합니다."

"이런 생각은 언제 한 거야?"

"꽤 오래되었습니다. 왜 우리는 이렇게 되었을까. 사부님과 나는 정말 외면받은 걸까라고 생각하던 게 여기까지 온 겁니다."

"으음!"

명천이 침음을 흘렸다.

당사자는 괜찮다고 하지만 그의 마음은 아니어서였다.

유하성이 일부러 그가 괴로우라고 말하는 게 아니라는 걸 알았기에 더욱 가슴에 박혔다.

"그리고 재능이라는 게 꼭 일찍 만개하는 법은 아니지 않습니까. 같은 꽃이라도 먼저 피는 게 있고, 늦게 피는 게 있으니까요."

"너도 늦게 핀 건 아니잖아."

"그렇다고 일찍 핀 것도 아니죠."

"일찍 폈다고 봐야지. 물론 그만큼 노력을 했겠지만."

명천의 시선이 유하성의 두 손으로 향했다.

흉터로 가득한 거칠기 짝이 없는 손이 유하성이 살아온 삶을 말해 주고 있었다.

누구보다 열심히, 그리고 치열하게 살아왔음을 말이다.

"사백께서도 도와주실 거죠?"

"당연히. 나 이제는 시간 많아. 다른 애들도 마찬가지고. 특히 신선놀음 하고 있는 애들부터 잡아 오마. 그래도 데려오면 쓸 만할 거야."

"순순히 오실까요?"

"내가 데려온다니까. 그건 걱정하지 마. 말 안 들으면 주먹으로 얘기해. 넌 그럴 자격이 있으니까."

"그건 하극상입니다만."

유하성이 어처구니없다는 듯이 웃었다.

장로들이야 같은 배분이고 명분도 있었다.

그러나 명자배는 그의 사부와 같은 배분이었다.

하극상을 넘어 기사멸조라고 해도 과언이 아니었다.

"내 이름 팔아. 나 검선이야, 무당검선."

"그냥 조용히 하겠습니다. 인력도 충분하니까요."

"일단 애들 몸조리부터 시켜야 할 것 같아서 좋은 약재들부터 가져오라고 했다. 영약은 힘들어도 일반 약재들은 충분히 보급될 거야."

"감사합니다."

"또 지원이 필요하면 말하고. 따로 돈이 필요하면 나나 금청당주에게 말하면 된다. 안면도 텄으니 내 이름 팔면 된다."

명천이 연거푸 말했다.

무슨 일이든 막히면 자신의 이름을 팔라는 듯이 말이다.

이미 따로 이야기가 되어 있기도 했고.

"알겠습니다."

"너무 지지부진하더라도 부담 갖지 말고. 첫술에 배부를 수 없는 법이다. 그리고 내가 보기에 이런 방식의 연구는 나쁘지 않아. 충분히 시도할 만한 가치가 있어. 특히 주화입마의 사례만 정리해도 큰 성과야."

"일단 그것부터 시작할 생각입니다. 방지할 수 있다면 그것보다 좋은 일은 없을 테니까요. 제자를 키우는 것도 중요하지만 그 못지않게 제자들을 지키는 것도 중요하다고 생각합니다."

"맞아. 게다가 몸은 망가졌어도 경험과 지식이 사라지는 건 아니니까."

폐인이 된 이를 방치했던 이유는 간단했다.

무당파에 도움이 되지 않아서였다.

그런데 그건 생각의 차이였다.

조금만 더 깊게 생각했다면 이렇게 방치하지도, 괄시하지도 않았을 터였다.

'이 또한 내 업보이니.'

몰랐다고 해서 죄가 사라지는 것은 아니었다.

아무도 말하지 않았어도 그가 신경 써야 하는 게 맞았다.

그렇기에 명천은 무거운 눈으로 열심히 토론하고 있는 이들을 응시했다.

장로들과 함께 회의를 하던 무율이 살짝 놀란 표정을 지었다.

생각지도 못한 안건이 올라와서였다.

"이번에는 무당산에서 하기를 원한다고?"

"예. 개방과 남궁세가가 강력하게 원한다고 합니다."

장로의 말에 무율이 턱을 쓰다듬었다.

친분이 없는 건 아니나 그렇다고 무당파를 강력하게 지지할 이유가 없어서였다.

오히려 대부분이 자신들의 문파나 가문에서 열기를 원했다.

아무래도 사람이 모이는 만큼 많은 부분에서 이득이 생겨서였다.

"의외로군."

"저희도 그렇게 생각하고 있습니다. 사실 우리는 생각지도 않던 문제이지 않습니까. 작년에는 정식으로 참가하지 않기도 했고요."

"비공식적으로는 참가했었지. 막내 사제와 원상, 원호가 참석했으니까."

"흐음."

곳곳에서 상반된 반응이 보였다.

무요와 친한 장로들은 불편한 심기를 드러냈고, 그렇지 않은 이들은 살짝 놀라거나 크게 관심을 보이지 않았다.

그 모습을 무율은 빠르게 확인했다.

"다른 곳의 반응은?"

"공손세가나 헌원세가가 강하게 의견을 내고 있습니다. 그런데 아무래도 오대세가나 구대문파가 아니다 보니 유치하기가 쉽지 않은 상태입니다. 다른 곳들도 내심 자기 문파나 가문에서 열기를 원하고요."

"그런데 남궁세가와 개방이 우리를 콕 짚었단 말이지. 두 곳에서 따로 들어온 말은 없나?"

"아직까지는 없습니다. 다만 이건 확실하지 않은데 취선(醉仙) 대협과 검제 대협이 올 수도 있다고 합니다."

"두 분이?"

이어지는 말에 회의실이 소란스러워졌다.

당대 천하십대고수 중 두 명이 올지도 모른다고 하자 다들 놀란 것이었다.

그리고 그건 무율도 마찬가지였다.

"확정은 아니고 일단 그럴 수도 있다고 들었습니다."

"무당파로 정해지면 오겠다는 말로 들리는데."

"저도 그렇게 생각합니다. 근데 이유를 모르겠습니다. 알아보고 있는 중이기는 한데, 아직 확실하게 파악된 건 없습니다. 시간이 좀 더 필요할 것 같습니다."

"왤까."

제22장 일신우일신日新又日新

무율이 미간을 좁혔다.

다른 이도 아니고 취선과 검제였다.

취선은 개방의 방주였고, 검제는 남궁세가의 주인이었다.

그런 만큼 두 사람은 결코 쉽게 움직이지 않았다.

'취선 대협이야 그럴 수도 있다. 역마살을 가진 게 아닐까 싶을 정도로 한곳에 오래 머무르지 않으니까. 사부님과도 친분이 있으니 지나가던 길에 잠시 들를 수도 있다. 그런데 남궁 대협은.'

미간의 골이 점점 더 깊어졌다.

취선이야 그럴 수도 있다고 치지만 남궁수는 아니었다.

남궁세가의 수장이 아무 이유 없이 밖으로 나올 리가 없었다.

'혹시 유 사제 때문인가? 그런데 접점이 없을 텐데.'

개방의 후개인 이춘상과 일 년 가까이 붙어 다닌 만큼 취선이 제자와 함께 올 수도 있었다.

그러나 남궁수는 아무리 생각해 봐도 이유가 없었다.

검제씩이나 되는 인물이 고작 용봉회의 인솔자로 올 리도 없었고.

'아니면 사부님께 볼일이 있는 건가?'

미간의 골이 조금 펴졌다.

차라리 이쪽이 좀 더 가능성이 높아서였다.

"명천 사백님을 뵈러 오는 것일 수도 있지 않겠습니까."

"나도 지금 막 떠올렸네. 일단 이건 내가 사부님께 직접 물어보지."

"알겠습니다."

다들 고개를 주억거렸다.

제한된 정보로는 현실적으로 여기까지밖에는 추측이 가지 않아서였다.

그리고 아직 정해진 건 아니었다.

"본론으로 돌아와서 다들 이번 용봉회를 본산에서 여는 것에 대해 어떻게 생각하나?"

"저는 좋다고 생각합니다."

"무당산에서 용봉회를 열지 않은 지도 이십 년이 넘기도

무당
패왕

했고, 슬슬 차례가 되긴 되었다고 생각합니다."

장로들이 이구동성으로 대답했다.

갑자기 잡힌 일정이라 준비하려면 빠듯하긴 하겠지만 그렇다고 해서 못 할 건 아니었다.

게다가 무당파와 균현에도 재정적으로 큰 도움이 될 것이기에 마다할 이유도 없었다.

"그럼 한번 추진해 보자고."

"예."

갑작스러운 안건이었으나 무당파로서는 나쁠 게 없었다.

더욱이 개방과 남궁세가에서 추천해 준 것이었기에 무율은 진행하기로 결정했다.

이른 아침 유하성은 목욕재계를 하고 낡은 도복을 입었다.

바로 사부를 떠나보내던 날 입고 있던 옷이자 명운의 앞에서 태극권을 펼칠 때 입었던 옷이었다.

곳곳이 닳고 색이 바래 있었지만 유하성에게는 그 무엇보다도 소중한 옷이었다.

그 도복을 입고서 유하성은 처소를 나와 언덕을 올랐다.

"사부님."

해가 어슴푸레하게 밝아 오는 시각에 유하성은 명운의 봉분 앞에 섰다.

매일 관리를 해서 그런지 둥근 봉분은 딱 봐도 신경을 많이 쓴 티가 보였다.

일 년 전에 갓 만들었을 때는 풀도 없어 흙덩이만 덩그러니 쌓여 있었는데 지금은 꽤나 무덤다워졌다.

"벌써 일 년이 지났어요. 사부님이 안 계셔서 시간이 안 갈 것 같았는데, 역시 삶은 멈추지 않는 모양이에요."

명운이 들을 리가 없음에도 유하성은 대화하듯 봉분을 뒤덮고 있는 풀들을 정리하며 입을 열었다.

그 나름대로 제사를 지내는 것이었다.

술을 좋아했다면 죽엽청이라도 사 왔을 텐데 명운은 그의 앞에서 단 한 번도 술을 입에 댄 적이 없었다.

그저 벽곡단과 차만 마시며 평생을 살았다.

"하산하고 보니 세상에 맛있는 게 참 많더라고요. 그런데 사부님께서 해 주신 토끼구이가 제일 맛있었어요. 그것보다 맛있는 건 없더라고요. 비싼 차도 마셔 보고."

유하성이 성장기일 때는 토끼와 꿩, 오리도 직접 잡아서 구워 주었다.

따로 양념할 게 없어 소금 간만 했는데 그렇게 맛있을 수가 없었다.

아마도 사부님과의 추억이 서려 있어서 그런 듯했다.

"사람들을 모으고 있어요. 사부님께서 그러셨잖아요. 우

무당
패왕

리와 같은 이들이 더 있을지도 모른다고요. 여력이 되면 그들을 도와주고 싶다고요. 그 뜻을 제가 이어받아서 사람들을 모았어요. 그런데 숫자가 생각보다 많더라고요."

직접 만든 비석을 쓰다듬으며 유하성이 말을 이었다.

진짜 명운이 듣기라도 하는 것처럼 말이다.

더불어 지금의 말은 스스로에게 하는 다짐과도 같았다.

"도와주는 분들도 계셔서 생각했던 것보다 잘되고 있는 것 같아요. 그러니 하늘에서 지켜봐 주세요. 무당이 어떻게 달라지는지, 그리고 어디까지 가는지도요."

"먼저 와 있었구나."

"오셨습니까."

"내가 너무 일찍 온 건 아니지?"

유하성과 마찬가지로 새 도복을 입고서 말끔한 모습으로 명천이 나타났다.

그런데 그 말고 다른 사형제들은 없었다.

"혼자 오신 겁니까?"

"다른 애들은 아직 눈치가 보이나 봐. 인사를 하긴 했지만 서먹서먹한 게 없지 않아 있으니까. 또 너에게 먼저 시간을 주고 싶은 것도 있고."

"사백께서는 당당히 오셨군요."

"난 자격이 있지. 나도 명운이의 마지막을 지켜 준 사람이다."

"그날에 한해서지만요."

명천이 작게 한숨을 쉬었다.

이렇게 나오면 그로서는 할 말이 없어서였다.

그런데 다행인 건 그래도 예전에 비하면 가시가 많이 무뎌졌다는 점이었다.

"제사상까지는 아니더라도 너무 빈약한 거 아니냐? 술은 당연히 안 마셨을 테고, 차라도 한 잔 따라 놓지."

"허례허식을 그리 좋아하지 않으셔서요. 사부님이시라면 그냥 자리를 지켜 주는 것만으로도 기뻐하실 것 같았습니다. 제사상보다는 생전에 하고 싶었던 걸 제가 이루어 드리는 게 더 행복해하지 않을까 싶기도 하고요. 모두가 좋게 보지는 않겠지만요."

"널 탐탁지 않게 보는 이들도 있긴 하지. 그러나 모두에게서 인정을 받을 수는 없는 법이다. 좋아하는 사람이 있는 반면에 싫어하는 사람도 있는 법이지. 그리고 반발을 찍어 누를 수 있는 방법도 있고."

"무인은 무(武)로 말하는 법이죠. 저는 더욱이 속가제자이니까."

"그냥 속가제자는 아니지."

명천이 피식 웃었다.

속가제자이지만 일개 속가제자라고 보기 힘든 존재가 유하성이었다.

"다시 한번 말씀드리는데, 제가 배운 건 태극권뿐입니다."

"알고 있다. 그 부분에 대해서는 뭐라 할 생각도 없고. 단지 조금 궁금한 게 있어서 말이다."

"무엇이 말씀이십니까?"

"태극혜검을 보지 않았더냐."

"정확히 말하면 겪어 본 거죠."

유하성이 정정했다.

엄밀히 말해 그는 태극혜검을 배운 적이 없었다.

그저 무율이 펼치는 태극혜검을 받아 낸 것뿐이었다.

"태극혜검 또한 태극권에서 나왔지."

"정확하게는 태극검이죠."

저의를 파악한 유하성이 먼저 선수를 쳤다.

그러나 명천은 물러나지 않았다.

"태극검의 뿌리도 태극권이지. 그러니 결국 같은 말이지 않겠느냐."

"전 모릅니다."

"바로 잡아떼니까 더 의심이 가는데. 정말 몰랐다면 이유부터 나올 텐데 바로 모른다고 하니 시치미를 떼는 것처럼 보이는구나."

"한 번 보고 어떻게 전부를 다 압니까? 태극권은 사백께서도 알고 계시지 않습니까."

명천의 말에도 유하성의 표정은 변화가 없었다.

당황한 기색이 전혀 없었던 것이다.

"알지. 근데 넌 좀 다르니까. 태극권에서 면장과 십단금을 뽑아낸 게 너 아니더냐. 어쩌면 네가 복원시킨 게 원형에 더 가까울 수도 있고. 거기다 개량까지 시도 중이니 나나 무율이하고는 다르지."

"저 그렇게 대단한 사람 아닙니다. 그리고 저 혼자 복원한 것도 아니지 않습니까."

"흐음."

정론을 말하는 유하성의 모습에 명천이 두 눈을 게슴츠레하게 떴다.

미심쩍은 기색을 지우지 않았던 것이다.

"전체를 봐도 모자랄 판에 몇 초식 본 게 다이지 않습니까. 그나마도 진의는커녕 형(形)만 봤고요."

"넌 왠지 할 수 있을 것 같아서."

"무립니다."

"지금은 무리라는 소리지?"

"연구동은 어떻게 보십니까?"

"말 돌리기는. 예상했던 것보다 더 좋은 거 같아. 특히 여러 명이 의논하니까 재미있어. 똑같은 초식을 다른 시각으로 보니까. 근데 이건 좀 반발이 있을 수도 있어. 어떻게 보면 전통적인 방법을 바꾸는 거니까."

명천이 못 이기는 척 넘어가 주었다.

더 캐묻는다고 말해 줄 성격이 아니란 걸 잘 알아서였다.

게다가 이 부분 역시 살짝 민감한 부분이었다.

"강요할 생각은 없습니다. 그저 이런 방향도 있다는 걸 알리는 것만으로도 의미가 있다고 생각합니다."

"증명하기까지 시간이 꽤 오래 걸릴 거다. 누구도 가 보지 못한 길이니만큼."

"발전할 수도 있지만, 퇴보할 수도 있죠. 그래도 일단 시도는 해 볼 생각입니다. 시행착오에서도 얻는 게 있을 테니까요."

"그 부분에서는 누구도 널 따라갈 수 없지. 그래서 내가 기대하는 것이기도 하고. 일단 태극권에 한해서는 누구보다 네 성취가 깊으니까. 그것만으로도 안전장치라 할 수 있지."

다른 이였다면 허튼짓하지 말고 지금 하는 수련이나 하라고 호통을 쳤을 것이다.

하지만 유하성은 달랐다.

태극권에서 면장과 십단금을 뽑아내 복원한 무인이 유하성이기에 시도해 볼 가치는 충분하다고 생각했다.

그렇다고 해서 자금이 많이 들어가는 일도 아니었다.

"열심히 해 보겠습니다."

"너무 무리하지 말고. 돈도 걱정하지 말고. 계산해 보니까 그리 많은 자금이 필요한 것도 아니더만. 정 안 되면 내 사비로 충당할 테니까 너는 하고 싶은 걸 해."

"처음으로 든든함을 느끼네요."

"앞으로도 쭉 느낄 수 있도록 해 주마. 허허허."

명천이 어깨를 으쓱였다.

별거 아닌 말인데 유하성이 말해서 그런지 기분이 좋아졌다.

"저는 이만 돌아가 보겠습니다."

"할 말은 다 했고?"

"예. 그럼."

유하성은 몸을 돌렸다.

사부에게 할 말이 있는 건 자신만이 아니어서였다.

명천도 있고, 다른 사백들도 올 것이기에 유하성은 슬쩍 자리를 피해 주었다.

자신을 배려해 준 것처럼 유하성도 똑같이 사백들을 배려한 것이었다.

원호는 콧노래를 흥얼거리며 경쾌한 발걸음으로 이동했다.

오늘도 다 함께 수련할 생각을 하니 기분이 좋았던 것이다.

그런데 그 기분은 한 식경이 채 되기도 전에 연기처럼 사라졌다.

"속도 좋다. 면장을 가르쳐 주는 것도 아니라던데."

"아무리 사부님이 일이 있어 본산에 안 계신다고 하지만 그래도 그건 예의가 아니지."

"암. 아시면 얼마나 섭섭하시겠어? 제자라고 하나 있는데 그 제자가 다른 사람한테 배우고 있으니."

우뚝!

이동하던 원호가 멈춰 섰다.

두 청년 다 다른 곳을 보고 있었지만 말하는 의도는 뻔했다.

그렇기에 원호는 달리던 것을 멈추고 두 사람을 노려봤다.

"할 말이 있으면 앞에서 하지. 뒤에서 하지 말고."

"아, 들었어? 그냥 우리끼리의 대화야, 대화. 신경 쓰지 마."

"이미 들었는데 어떻게 신경을 안 써?"

"허어. 오늘따라 예민하네. 별거 아닌 말 가지고."

"들으라고 지껄이는데 별게 아니라고?"

원호가 기가 찬다는 듯이 웃었다.

하지만 그런 원호의 반응에도 같은 시기에 입문한 원득과 원교는 비릿한 조소를 머금었다.

"에이. 왜 그렇게 심각하게 반응해? 설마 찔려서 그러는 건가?"

원교가 능글맞게 웃으며 말했다.

속을 살살 건드리듯이 말이다.

그런데 두 사람의 의도와는 다르게 원호는 흥분하지 않았다.

오히려 둘을 쳐다보며 비웃었다.

"시비를 걸고 싶으면 당당하게 걸어. 이리저리 떠들지 말고."

"무슨 소리 하는 거야? 우리는 그냥 대화를 하고 있었던 것뿐이라니까?"

"나에게 들리게 말이지?"

"네가 귀가 밝은 거지."

원교는 전혀 그럴 의도가 없었다는 듯이 어깨를 으쓱거렸다.

그러고는 억울하다는 듯이 옆에 있는 원득을 쳐다봤다.

"사부가 면벽행을 명받았다고 나한테 화풀이하는 건가? 그렇다면 너무 유치한데."

"말조심해라."

원득과 원교의 표정이 싹 변했다.

그러나 두 사람의 표정 변화에도 원호는 웃었다.

"객관적으로 생각해 보자고. 잘못을 했으니까 장로직을 박탈당한 거 아니겠어? 잘못을 안 했다면 면벽행도 명받지 않았겠지."

"선 넘지 마라."

"왜? 너는 시비 걸어도 되고, 나는 안 되나? 아니면 내가 부러워서 그런 건가? 사숙님께 면장을 전수받을지도 모르니까."

"넘지 말라고 했다!"

원득이 버럭 소리를 질렀다.

그런데 노성을 질러서 그런 건지, 아니면 찔려서 그런 건지 원득의 얼굴이 터질 것처럼 붉어져 있었다.

"소리만 지르지 말고 검 뽑아. 검객은 검으로 말해야지. 아니면 이제는 자신이 없는 건가?"

"내가 피할 것 같으냐!"

원득이 기다렸다는 듯이 검을 뽑았다.

원호의 도발을 마다하지 않았던 것이다.

그리고 그 속에는 자신감도 있었다.

원호가 일대제자 중에서는 나름 상위권에 속한다고 하나 그건 그도 마찬가지였다.

'일 년 동안 허송세월을 보낸 것을 감안하면 지금은 내가 더 강할 것이다.'

원득이 부리부리한 눈으로 검을 휘둘렀다.

물론 강호를 돌아다니며 다양한 경험을 쌓아 무공 실력이 늘었을 수도 있었다.

하지만 그 역시 누구 못지않게 열심히 수련했었다.

그렇기에 원득은 자신이 있었다.

'이번에야말로 콧대를 눌러 주마!'

비슷한 실력인 주제에 거들먹거리는 게 원득은 예전부터 마음에 들지 않았다.

그래서 속으로 벼르고 별렀다.

언제고 한번은 원호를 실력으로 찍어 눌러 주겠다고 말이다.

쌔애액!

그런 의지가 담긴 원득의 검이 맹렬한 기세로 원호의 미간을 노리고 파고들었다.

같은 무공이라고 해도 어떻게 해석하느냐에 따라 초식의 형태가 조금씩 달랐다.

그래서인지 원득의 현허칠성검은 원호와 달리 쾌검의 묘리를 담고 있었다.

스윽.

한 줄기 섬광처럼 파고드는 일격은 보는 이를 섬뜩하게 만들 정도로 빠르고 강렬했다.

그런데 놀랍게도 발검술과 함께 펼쳐진 원득의 일검을 원호는 옆으로 반보 움직이는 것으로 피해 냈다.

마치 원득의 검극이 보이는 것처럼 정확한 순간에 움직여서 회피했던 것이다.

"흥!"

하지만 그 모습에도 원득은 실망하지 않았다.

이번 공격은 말 그대로 시작에 불과했다.

지난 일 년 동안 원호가 속가제자 한 명을 보필하며 허송세월을 보냈다고 하나 원래 있던 실력이 어디로 사라지진 않았을 터였다.

그렇기에 원득은 당황하지 않고 재차 쾌검을 뿌렸다.

츠츠츠츠!

검신을 타고 일어난 검기가 세 개로 나뉘어졌다.

하나는 검신을 감싸고 나머지 두 개는 위아래로 나뉘어서 원호에게 쇄도했다.

각각 머리와 명치, 단전을 노리고서 뻗어 나간 것이었다.

'이건 피하지 못할 것이다!'

창졸간에 일어난 변화이기에 원득은 자신했다.

이번에는 절대 쉽게 회피하지 못할 것이라고 말이다.

그런데 그의 눈이 순간 더 이상 커지기 힘들 정도로 커졌다.

스스슥!

원득의 두 눈이 부릅떠졌다.

검술에 비해 원호는 상대적으로 보신경이 부족한 편이었다.

스스로 검술에 집중하기도 했고.

한데 지금 원호가 예전과는 전혀 다른 유려한 몸놀림을 보이며 그의 일검을 완벽히 피해 냈다.

"이젠 내 차례지."

심지어 피하는 데 급급한 게 아니라 움직임에 여유가 있었다.

마치 원득의 검초를 다 보고 피하는 느낌이라고나 할까.

그리고 실제로 맞는 말이기도 했다.

웅웅웅!

여유롭게 검을 뽑은 원호가 진기를 끌어 올렸다.

그러자 묵직한 공명음과 함께 형형한 검기가 솟구쳤다.

원호는 그걸 거침없이 원득에게 휘둘렀다.

설명으로는 길었으나 피하고 검을 뿌리는 것까지는 한순간에 이어졌다.

쉬이익.

일련의 행동들이 하나의 움직임인 것처럼 자연스럽게 뿌려진 검은 정확하게 원득의 품으로 파고들었다.

원득과 마찬가지로 원호 역시 그의 가슴을 향해 검을 찔러넣었던 것이다.

따아앙!

하지만 원호의 공격은 실패했다.

원득이 재빨리 검을 회수해 그의 검격을 튕겨 낸 것이었다.

한데 공방을 주고받은 결과는 사뭇 달랐다.

뒤로 반보 물러난 원득과 달리 원호는 제자리에 서 있었던 것이다.

"이익!"

그것이 말하는 바는 명백했기에 원득이 이를 악물었다.

그러고는 인정할 수 없다는 듯이 더욱 거세게 검을 뿌렸다.

자존심이 상한 얼굴로 파상공세를 펼쳤던 것이다.

그런데 폭풍처럼 휘몰아치는 원득의 맹공에도 원호의 표정은 담담했다.

'다 보이네?'

어려서부터 이런저런 이유로 대련을 많이 했기에 서로가 서로에 대해서 잘 알고 있는 상태였다.

그가 원득에 대해 잘 아는 만큼 원득 역시 그에 대해서 잘 알았다.

때문에 늘 대련을 하면 승부가 쉽게 나지 않았었다.

그런데 지금은 예전과는 느낌이 많이 달랐다.

'속도와 기술은 크게 달라지지 않은 것 같은데. 오히려 수준은 더 높아졌어. 초식에 대한 이해도 역시 깊어졌고. 그렇다면 내가 달라졌다는 건가.'

지금의 상황이 믿기지 않는다는 듯이, 정확하게는 인정하고 싶지 않다는 듯이 원득은 독기 가득한 얼굴로 검을 휘둘렀다.

살기까지는 아니더라도 무시무시한 투지를 보여 주고 있었던 것이다.

그런데 기를 쓰고 휘두르는 원득의 검이 이상하게도 전혀 위협적이지 않았다.

분명 초식은 더욱 정교해지고 강력해졌는데도 불구하고 말이다.

'시야가 넓어진 건가.'

원득의 검을 받아 내고, 혹은 튕겨 내거나 흘리면서 원호는 미간을 좁혔다.

이게 무슨 상황인가 싶어서였다.

그리고 이건 달리 말하면 그 정도로 여유가 있다는 뜻이기도 했다.

비무 중에 딴생각을 할 정도로 말이다.

'따로 배운 건 없는데.'

솔직하게 말해 원호는 딱히 가르침이라고 할 만한 시간을 유하성과 가진 적은 없었다.

비무는커녕 면장을 보지도 못했다.

다만 그가 원상과 대련하거나 홀로 수련할 때 유하성이 가끔 다가와 자세를 교정해 주거나 어떻게 해야 움직임에 군더더기가 없어지는지에 대해서 말해 준 적은 있었다.

적당한 조언 정도였는데 그게 지금 돌이켜 보니 절대 평범한 조언이 아니었다.

무당
패왕

'금과옥조라는 건가.'

원호가 피식 웃었다.

그때는 별거 아닌 거라고 생각했는데 지금 와 보니 아니었다.

말 그대로 천금 같은 조언이었다.

그걸 몸으로 느끼고 있었기에 원호는 미소가 절로 나왔다.

"흐아압!"

그런데 그 모습이 원득에게는 비웃음으로 보인 모양이었다.

더불어 원호가 느끼는 걸 원득 역시 느끼고 있었고.

예전과는 뭔가 다르다는 걸 느꼈기에 원득은 젖 먹던 힘까지 모조리 끌어올렸다.

이대로 지는 건 그의 자존심이 용납할 수 없었다.

스으윽.

그러나 회심의 일격 역시 원호에게는 닿지 못했다.

대신 원호가 창졸간에 간격을 좁히며 원득의 멱살을 잡았다.

그러고는 그대로 원득을 들어 올려서는 땅바닥에 내려찍었다.

검을 허초로 사용하며 손을 쓴 것이었다.

"커헉!"

벼락처럼 파고든 손아귀가 멱살을 잡아서는 그대로 땅에

메다꽂아 버리자 원득이 피를 토하는 듯한 신음을 흘렸다.

그러나 반격을 하지는 못했다.

머리부터 떨어졌기에 머릿속이 새하얗게 변해서였다.

반면에 쉽게 원득을 제압한 원호는 느긋하게 검을 검집에 집어넣었다.

"지난 일 년 동안 수련을 너무 건성으로 한 거 아냐? 이 정도로 차이가 날 줄이야."

"으으……."

원호가 조롱하듯 말했으나 대답은 없었다.

아직도 정신을 차리지 못해서였다.

대신 조금 떨어져서 두 사람의 비무를 지켜보던 원교가 보고도 믿어지지 않는다는 듯이 입을 쩍 벌리고 있었다.

"너도 원하면, 상대해 주지. 오늘은 내가 기분이 좋거든. 이거 흔치 않은 기회야."

이어지는 원호의 말에도 원교는 똥 씹은 표정만 지을 뿐 대답하지 않았다.

원래도 그보다 강했던 원호가 못 본 사이에 더욱 강해졌다.

그런데 자신이 도전한다?

결과는 불 보듯 뻔했기에 원교는 입술만 깨물 뿐 입을 열지는 않았다.

"싫으면 말고. 대신 앞으로는 시비를 걸 거면 생각을 좀

하고 걸도록 해. 아니면 같은 일대제자로서 사이좋게 지낼 생각을 하든지."

여전히 정신을 차리지 못하고 꿈틀거리는 원득을 발끝으로 두어 번 툭툭 건드린 원호가 땅을 박찼다.

비무도 끝났겠다, 가던 길을 가려는 것이었다.

잠시 후 원호가 사라지자 원교는 무거운 한숨과 함께 원득을 일으켜 세웠다.

그러면서 원득을 제압하던 움직임을 떠올렸다.

"마치 수를 다 보듯이 움직였어."

원호와 원득, 그리고 그 역시 현허칠성검법을 익혔다.

비록 해석은 다르게 했으나 근본은 같았다.

그렇기에 상대방이 펼칠 초식을 알아보는 건 당연했다.

하지만 원호는 그 이상을 보고 있는 것처럼 움직였다.

그게 원교는 이해가 되지 않았다.

한편으로는 인정하고 싶지도 않았고.

"후우."

깊은 한숨과 함께 원교는 원득을 데리고서 걸음을 옮겼다.

떠난 원호와는 반대 방향으로 말이다.

"차합!"

"요즘 들어 더 열심히 하는 것 같지 않아? 원호 녀석."

"한창 열심히 할 때이지 않습니까."

원상과 비무를 하고 있는 원호를 명천이 두 눈을 갸름하게 뜨고서 쳐다봤다.

평소보다 기합이 더 들어가 있는 것 같아서였다.

"그렇긴 한데, 그래도 평소보다 더 열심히 하는 것 같아서."

"다른 사람들에게 자극을 받아서일지도 모르죠."

"그런가."

명천이 고개를 끄덕였다.

확실히 이곳에 모여 있는 제자들의 열의는 대단했다.

비록 재능은 부족할지 몰라도 누구보다 의욕적이고 열심히 했다.

마치 유하성의 믿음에 보답하겠다는 듯이 말이다.

'실제로 빠르게 늘기도 하고.'

아는 만큼 보인다는 말처럼, 아니 정확하게는 직접 그 과정을 겪어 와서 그런지 유하성의 조언은 정말 딱 필요할 때에 예리하게 박혔다.

개개인에게 정말 필요한 조언을 해 주었던 것이다.

그뿐만 아니라 많은 인원이 모였기에 다들 대련을 하며 실력들이 일취월장하고 있었다.

"이건 다른 제자들에게도 적용할 수 있을 것 같은데. 생각해 보면 처음 제자를 받아들일 때가 가장 성장이 **빨랐던** 거 같아. 다 같이 합숙할 때."

"저는 그런 경험이 없어서."

"너는 다른 경우였지. 근데 직접 제자로 들이는 경우도 많으니까."

"근데 이와 같은 방식은 불가능할 겁니다."

유하성이 단언했다.

여기 있는 이들은 사부를 잃었거나, 혹은 방치되었기에 모일 수 있었다.

또한 보통의 무인들은 자신의 제자가 다른 이에게 가르침을 받는 걸 좋아하지 않았다.

오히려 자신을 무시한다고 생각했다.

"그래서 아쉬운 거야. 너만 한 교관이 있어야 한다는 전제 조건이 필요하니까."

"사실 사백께서 와 계시는 것도 인력 낭비이긴 하죠."

"호오. 웬일로 네가 그런 말을 다 하냐?"

명천이 두 눈을 크게 떴다.

칭찬에 인색한 유하성이 이런 말을 하자 놀란 것이었다.

"사실이긴 하니까요. 할 일이 없다고 하시는데 사실 사손을 가르쳐도 되지 않습니까."

"그 녀석은 무율이 제자 아니더냐. 무율이 본산에 없는 것도 아니고 잘 있는데 내가 무공을 봐줄 이유는 없지. 난 무율이가 장문인이 된 걸로 할 일은 다 했어."

"그런 부분에서는 시원시원하시네요."

"사내대장부는 결정을 내리면 뒤를 돌아보지 말아야 하는 법이지. 그 전에는 심사숙고해야 하고."

"일정 부분 인정합니다."

유하성의 말에 명천이 살짝 못마땅한 표정을 지었다.

역시나 순순히 인정하지 않아서였다.

못 이기는 척 넘어가 줄 법도 한데 유하성은 그런 게 전혀 없었다.

"규모를 점차 키워 갈 생각이지?"

"예. 제가 무당산에 언제까지 있을지는 모르지만 적어도 있는 동안에는 계속 신경 쓸 겁니다."

"있어도 된다니까."

"운명이라는 게 어떻게 될지 모르니까요. 안 좋게 보는 사람들도 분명히 있고."

"언제 그런 걸 신경 썼다고."

명천이 실소를 흘렸다.

평소의 행실과는 전혀 맞지 않아서였다.

"저도 나이를 먹을 텐데 신경 쓰게 되지 않겠습니까."

"일단 지금은 아니라는 말로 들리는데. 그보다 소식 들었느냐?"

"무슨 소식 말씀이십니까?"

武當霸王
무당
패왕

"이번에 본산에서 용봉회가 개최된다고 하더구나."

명천이 은근슬쩍 유하성의 표정을 살폈다.

하지만 그의 기대와는 달리 유하성은 매의 눈으로 초식을 수련하는 제자들을 살펴보기 바빴다.

"그렇습니까."

"특히 개방과 남궁세가가 강력하게 주장했다고 하더구나. 이번 용봉회는 무당파에서 열렸으면 좋겠다고."

"왜 그런 거랍니까?"

"나도 궁금해서 너한테 물은 거다."

유하성이 눈을 껌뻑거렸다.

이게 무슨 소리인가 싶어서였다.

그래서 유하성은 그도 모르는 내용을 왜 자신에게 묻느냐는 표정으로 명천을 쳐다봤다.

"저에게요?"

"응. 왠지 모르게 너라면 알고 있을 것 같아서 말이지."

"제가 그걸 어떻게 압니까? 개방도도 아니고."

"대신 개방에 친구가 있잖느냐."

"헤어지고 나서 연락한 적이 없습니다만."

유하성은 고개를 저었다.

친구라고 할 수도 있겠지만 그렇다고 엄청나게 친근한 사이는 아니었다.

그리고 실제로 연락을 주고받은 것도 없었다.

"남궁세가주가 강력하게 주장했을 뿐만 아니라 본인이 직접 온다고 하던데. 정말 짐작 가는 게 없더냐?"

"글쎄요."

남궁수가 온다는 말에 그와의 비무가 떠올랐지만 굳이 그 사실을 명천에게 말할 이유는 없었다.

또한 꼭 그것 때문에 남궁수가 온다고 생각할 수도 없었고.

다른 이유 때문에 무당산에 오르는 것일 수도 있었다.

"에잉! 재미없는 녀석."

"근데 이렇게 갑자기 정해지기도 하는 겁니까?"

"안 될 건 없지. 정확히 시기를 정해 두고 하는 건 아니니까. 대충 이맘때쯤 했을걸. 좀 더 당겨지기도, 미뤄지기도 하지만."

"그렇군요."

"너도 참석할 거지?"

명천이 은근한 어조로 물었다.

그런데 유하성의 반응이 단호했다.

일말의 고민도 없이 고개를 저었던 것이다.

"생각 없습니다."

"아니, 왜? 난다 긴다 하는 후기지수들이 다 모이는데? 물론 너는 눈에 안 차겠지만 그래도 또래랑 교류도 하고 그래야지."

"마냥 좋은 자리처럼 보이지는 않던데요."

작년에 우연찮게 참석했던 용봉회를 떠올리며 유하성이 말했다.

그다지 좋은 기억이 있지는 않아서였다.

물론 재미는 있었지만 실망이 더 컸었다.

향후 정도무림을 이끌어 갈 동량들이라고 하기에는 너무 부족해 보였다.

"그렇게 느껴질 수도 있다. 사실 나도 썩 좋게 보지만은 않고. 하지만 반대로 생각해 보면 그게 무림이기도 하고. 의기와 협의도 있지만 온갖 협잡이 난무하는 세상이기도 하지. 좋은 것만 볼 수 있다면 정말 좋겠지만 그게 안 된다면 잘 알아야 하지 않겠느냐."

"그러다가 물들 수도 있습니다."

"그래서 중심을 잡아 줄 사람들이 필요한 거다. 그 몫을 어른들이 해 주는 것이고. 나쁜 것에서도 배울 건 있다. 너도 그렇지 않느냐."

"흐음."

유하성은 부정할 수 없었다.

확실히 악습에서도 배울 건 있었다.

나는 저렇게 하지 말아야지 하는 생각이 드니까.

그러나 문제는 긍정적으로도 생각할 수 있지만 반대로 더 부정적으로 갈 수도 있었다.

"한 가지 이유를 더 말하자면 그동안 너무 평화로웠기도 했고. 마교는커녕 새외무림의 침공도 없었으니까. 하지만 이건 반대로 말하면 당장 전쟁이 일어날 수도 있다는 뜻이지. 평화롭다는 건 힘을 비축할 수 있는 시간이었다는 뜻이니까. 그래서 네가 더 필요한 거다."

"그 역할은 작년에 춘상이가 했습니다."

"아직 시간은 많으니까 좀 더 생각해 봐. 무당파의 제자들도 네가 참석하면 든든할 거 아니냐. 적어도 저기 있는 녀석들은."

"하압!"

"흡!"

명천의 시선이 구슬땀을 흘리는 제자들에게로 향했다.

며칠밖에 되지 않았음에도 다들 괄목할 만한 성취를 이루고 있었다.

그래서인지 육체적으로 힘들 텐데도 표정은 다들 밝았다.

하루하루 스스로가 달라지는 걸 느꼈기에 다들 힘들어도 악착같이 수련량을 채웠다.

"이보게."

"예, 사백님."

매의 눈으로 제자들의 수련을 지켜보고 있을 때 그의 곁으로 한 사람이 다가왔다.

지팡이를 짚고서 명견이 다가왔던 것이다.

그런데 그의 손에 한 권의 책자가 들려 있었다.

"이걸 한번 봐 주겠나?"

"첫 번째 완성작인가?"

"그렇습니다."

유하성의 옆에서 명견이 건네는 책자를 보며 명천이 눈을 빛냈다.

연무장의 제자들이 피땀을 흘리며 수련했다면 연구동의 제자들은 며칠 밤을 새워 토론과 회의를 거듭했다.

그 결과물이 처음으로 나왔기에 명천은 사뭇 기대하는 표정을 지었다.

"먼저 보시겠습니까?"

"그럴 순 없지. 연구동을 만든 건 너인데. 당연히 네가 먼저 봐야지."

"알겠습니다."

명천이 한 손으로 가볍게 손사래를 쳤다.

어차피 순서는 중요하지 않았다.

게다가 이쪽 분야는 그보다 유하성이 더 뛰어났기에 먼저 다 본 다음에 자신이 보고 이해가 안 되는 걸 물어보는 게 더 나았다.

휘이익.

사뭇 긴장한 명견의 시선을 받으며 유하성이 천천히 책장을 넘겼다.

한 글자 한 글자 꼼꼼하게 읽어 내려갔던 것이다.

그리고 그런 유하성의 표정을 명견과 명천이 힐끔거렸다.

명견이 긴장했다면 명천은 유하성의 반응이 궁금하다는 표정이었다.

탁.

책자는 그리 두껍지 않았기에 전부 다 읽는 데 일각여 정도가 걸렸다.

그런데 유하성은 마지막 장을 넘기고도 별다른 말을 하지 않았다.

"어떤가?"

자기도 모르게 마른침을 삼키며 명견이 물었다.

아무 말이 없자 더더욱 긴장이 되었던 것이다.

"깔끔하게 잘 정리되어 있는 것 같습니다. 안내서와 지침서가 함께 있는 느낌이라고나 할까요. 특히 사례별로 정리되어 있는 게 아주 좋았습니다. 전부 다 실제 사례들이지요?"

"맞네. 우리가 알고 있는 사례들 중에서 직접 겪거나 보았던 것들만 추려서 먼저 정리했네. 다른 경우도 있긴 하지만 아직 조사한 게 없기에 일단 따로 빼놓았네. 우선은 하나씩 확인한 다음에 추가할 예정이네."

"정말 고생하셨습니다."

유하성이 진심을 담아 말했다.

명견을 비롯해서 연구동의 인원들이 어떤 심정으로 이 책자를 만들었는지 알 수 있어서였다.

그런데 유하성이 존경을 담아 말했음에도 명견은 기뻐하기보다는 안도의 한숨을 내쉬었다.

"다행히 내용이 괜찮은 모양이네."

"괜찮은 정도가 아니라 훌륭합니다."

"내가 보기에도."

유하성이 건네준 책자를 빠르게 훑어보던 명천이 감탄했다.

주화입마의 징조나 전조, 그리고 대처 방법까지 일목요연하게 정리되어 있어서였다.

게다가 가정이나 추측이 아닌 직접 겪은 사례들을 예시로 들었기에 더욱 신뢰가 갔다.

"감사합니다."

"정말 고생 많았네."

명천이 유하성과 똑같은 말을 했다.

비급은 아니지만 그가 생각하기에는 그에 준하는 보물이 바로 이 책자였다.

더욱이 이 책자는 무당파의 무공을 익히는 사례들만 모아놓았기에 더 가치가 높았다.

"아닙니다. 후배들을 위한 일인데요."

"그래도 쉬운 일이 아니지. 안 좋은 기억을 떠올리고 곱씹었어야 했을 텐데."

명천이 고마워하는 게 바로 이 부분이었다.

분명 개개인 다 잊었거나 잊고 싶었을 기억일 터였다.

그런데 오직 후배들을 위해, 앞으로 무당파의 무공을 익힐 제자들을 위해 지워 버렸거나 묻어 두었던 기억을 전부 다 끄집어냈을 게 분명했다.

그게 얼마나 힘든 일인지 상상이 갔기에 명천은 명견의 손을 붙잡고 치하했다.

"저보다는 연구동을 만든 유 공자의 공이 더 큽니다. 유 공자가 저희들을 불러 모으지 않았다면 이런 성과도 없었습니다."

"유 공자가 뭔가. 같은 제자끼리."

"그게, 아직 실감이 나지 않아서."

명견이 어색하게 웃었다.

사질이라는 말이 좀처럼 나오지 않아서였다.

불과 얼마 전까지 혼자만 무당의 제자라고 생각하기도 했고.

"앞으로는 편하게 해 주게. 나도 사형이라 부르고."

"제가 어찌."

"자네도 무당의 제자이지 않나."

"……."

명견의 마음을 알기에 명천이 단호하게 말했다.

그래도 이렇게 하지 않으면 앞으로도 명견의 마음이 열리지 않을 것 같아서였다.

더구나 무당은 명견을 잊었어도 명견은 무당을 잊지 않았다.

이런 이들이 있기에 무당파 역시 존재하는 것이기에 명천은 명견을 뚫어져라 쳐다봤다.

"시간이 좀 더 필요하지 않겠습니까. 일단은 다 함께 있기도 하고요."

"험험. 내가 너무 강요했나?"

"제가 보기에는 조금요."

"으음! 미안하구먼."

조금은 무거워진 분위기에 명천이 어색하게 웃으며 사과했다.

또 마음만 급해서 돌진한 것 같아서였다.

그런데 그 모습에 명견은 당황하면서도 웃으며 고개를 저었다.

"노력해 보겠습니다."

"그래. 그거면 되네. 암."

"우선은 이쪽부터 정리하고 무론으로 넘어갈 생각이신 거죠?"

"맞네. 무공을 개량하고 발전시키는 것도 중요하지만 그 못지않게 중요한 게 건강하게 수련하는 것이니까. 주화입마를 치료하는 건 불가능에 가깝네. 그렇다면 미연에 방지하는 게 최선의 방법이지."

"맞습니다."

주화입마에 빠졌다가 무사히 회복하는 경우는 일 할도 채 되지 않았다.

대부분이 중상 아니면 사망이었다.

정말 기적 같은 경우가 아니라면 대부분이 폐인이 되었기에 미연에 방지하는 것밖에는 방법이 없었다.

"그래서 우선은 이쪽에 집중할 생각이네. 다들 동의했고."

"필요하신 게 있으시면 언제라도 편히 말씀해 주십시오."

"이번 작업이 얼추 끝나면 자네가 피곤할 정도로 부를지도 모르네. 무론에 대해서는 누구보다 해박한 걸 알고 있으니까."

"언제든지 불러 주십시오. 저에게도 도움이 되는 일이니까요."

"흠흠! 나도 같이 갈 것이네. 내 경험도 상당한 편이니."

명천이 은근슬쩍 끼어들었다.

학문에 대해서는 그리 깊지 않아도 대신 무당파의 최고 어른 중 한 명이자 일파를 대표하던 고수가 그였다.

게다가 무당파 최강의 검공인 태극혜검을 누구보다 깊게 익히고 있는 게 명천이었기에 함께 한다면 분명 큰 도움이 될 터였다.

"그래 주시면 저희야 감사하죠."

"좋아."

명견의 대답에 명천이 아주 흡족한 표정을 지었다.

그저 생각하는 것만으로도 기분이 좋아져서였다.

더욱이 제자들을 비롯해서 무당파를 위한 일이었기에 명천은 내심 기대가 되었다.

"내가, 내가 왔다! 이 몸이 무당에 왔다!"

개방도를 대표하는 몽둥이 하나 없이 맨몸으로 무당산에 올랐기에 해검지에 딱히 놓고 올 물건이 없었다.

그래서인지 이춘상은 해검지를 지나자마자 버럭 소리를 질렀다.

"하하하."

그 모습에 안내하던 어린 제자 한 명이 어색하게 웃었다.

개방도 중에 유독 괴짜가 많다는 말은 들었는데 직접 만나보니 소문 그대로였다.

주변의 시선은 일절 신경 쓰지 않는 모습에 십 대 초반의 이대제자가 눈을 빛내며 이춘상을 힐끔거렸다.

"하하, 제가 좀 시끄러웠죠?"

"괜찮습니다. 저 말고 다른 제자들이 있는 것도 아닌데요."

"오랜만에 친구를 만날 생각을 하니 너무 기분이 좋아서
요."

"유 사숙조님과 정말 친하신 모양이에요."

아직 볼살이 빵빵한 이대제자가 두 눈을 초롱초롱하게 빛
내며 말했다.

멀리서 스치듯이 본 게 다지만 유하성에 대해서는 상당히
많이 알고 있었다.

특히 얼마 전에 장로 둘을 두들겨 팬 걸로 더욱 유명했다.

"허어. 사숙조라니. 엄청 나이 들어 보이는군요. 근데 배
분으로 따지자면 틀린 말은 아니고."

제23장 차이 나는 방문객들

이춘상이 식겁한 표정을 지었다.

불혹도 되지 않은 나이에 사숙조라 불리자 기분이 이상했던 것이다.

그런데 유하성의 배분을 생각하면 이상할 것도 없었다.

막말로 그의 배분 역시 유하성과 같았고.

"아, 제가 실수한 건가요?"

"아뇨아뇨. 운해 도장님은 맞는 말씀 하셨는걸요."

"헤헤헤."

운해라 불린 이대제자가 몸을 비비 꼬았다.

깍듯하게 운해 도장이라고 불러 주자 기분이 묘했던 것이다.

하지만 한 가지 분명한 건 기분이 좋다는 것이었다.

"하성이의 평판은 어떻습니까?"

"어, 무서운 분?"

"장로 둘을 때려잡아서요?"

"헉!"

이춘상과 나란히 걸어가던 운해가 화들짝 놀랐다.

무당파 내부의 일을 이춘상이 알고 있어서였다.

그러다가 이내 운해는 양손으로 입을 막았다.

만약 떠본 건데 자신이 넘어간 것일 수도 있다는 생각이 들어서였다.

"에이. 저 후개입니다, 후개. 그리고 저 말고도 웬만한 사람은 다 알걸요. 딱히 큰일도 아니고. 하극상도 아니지 않습니까. 같은 배분끼리 치고받고 싸우는 일이야 비일비재하죠. 저희는 대놓고 욕도 하는데요."

"그, 그런가요?"

"개싸움이 무엇인지 궁금하시면 개방도들의 싸움을 보면 됩니다. 흐흐흐."

이춘상의 웃음에 운해도 마주 웃었다.

그러면서 입과 얼굴을 막았던 양손을 내렸다.

"하성이가 이유 없이 그럴 성격도 아니고요. 그랬다면 그럴 만한 이유가 있었겠죠. 근데 무서운 분이라. 애가 까탈스럽긴 해도 막 위협적이고 무서운 분위기를 풍기는 성격은 아닌데. 있는 듯 없는 듯이 지내는데 이상하네요."

이춘상이 턱을 쓰다듬었다.

아무리 사고를 치긴 했으나 무서운 사람으로 불릴 정도라고는 생각이 들지 않아서였다.

의외로 유하성은 인내심이 강한 편이었다.

한번 손을 쓰면 확실하게 써서 그렇지.

"요즘에는 조용히 지내시고 계세요. 연구동도 만들고, 수련도 하시고요."

"연구동이요?"

"예. 주화입마와 무당파의 무공에 대해서 연구하는 모임이에요."

"호오."

의외의 일의 연속에 이춘상이 믿을 수 없다는 표정을 지었다.

그가 아는 유하성은 수련 말고는 다른 것에 딱히 관심을 보이지 않는 인물이었다.

한데 쉬지 않고 일을 벌이자 이춘상은 신기했다.

"저곳이에요."

"감사합니다, 운해 도장님."

"헤헤. 아니에요. 그럼 다음에 또 봬요!"

"네."

마지막까지 귀여운 운해에게 존대를 하며 이춘상이 포권

을 했다.

그러자 운해도 마주 포권을 하고는 몸을 돌려 총총총 뛰어 갔다.

"내가 왔다!"

멀리 보이는 익숙한 세 사람의 모습에 이춘상이 입 앞에 양손을 모아 소리쳤다.

반가운 마음에 일단 소리부터 질렀던 것이다.

그러자 십여 쌍의 시선들이 그에게 집중됐다.

"크하하하!"

자신에게 집중된 시선을 만끽하며 이춘상이 땅을 박찼다.

이윽고 순식간에 그의 신형이 유하성의 앞에 도착했다.

"여전히 시끄럽구만."

"무당산에 오자마자 깽판부터 쳤다며?"

"깽판은 무슨."

"둘 다 잘 지냈어?"

피식 웃는 유하성을 일별한 이춘상이 다른 제자들의 자세를 봐주던 원상과 원호에게도 손을 흔들었다.

그러자 두 사람이 정중하게 포권을 했다.

편하게 대하는 이춘상과 달리 두 사람은 은근슬쩍 거리를 두었던 것이다.

하지만 이춘상은 그걸 알고도 전혀 신경 쓰지 않았다.

"네놈이로구나. 취선이 늘그막에 거둔 제자가."

"검선 대협이시죠? 처음 뵙겠습니다. 이춘상이라고 합니다."

"고놈 넉살은."

오늘도 어김없이 연구동을 찾은 명천이 능글맞게 인사해오는 이춘상의 모습에 실소를 흘렸다.

누가 취선의 제자 아니랄까 봐 넉살을 기본적으로 가지고 있는 듯해서였다.

"거지에게 넉살은 필수 능력이지 않겠습니까?"

"잘생기긴 진짜 잘생겼구나. 옥만개라는 별호가 정말 딱이야."

"제가 씻으면 더 잘생겨집니다. 지금도 잘생겼지만요. 그래서 안 씻는 것도 있습니다. 여자가 너무 꼬이면 피곤하거든요."

"취선의 제자라면, 씻는 게 이상하지는 않지."

보통의 거지들은 절대 씻지 않았다.

일단 동정심을 유발하기 위해서이기도 하지만 대부분은 귀찮아서였다.

비를 맞아도 씻지 않는 게 개방도들이었는데 취선만은 달랐다.

특이하게도 거지면서도 깔끔을 떠는 게 취선이었다.

"저는 사부님 정도는 아닙니다."

"다른 개방도들에 비하면 확연히 다르지."

"그건 또 그렇죠."

이춘상이 수긍했다.

그렇게 따지면 일반적인 개방도들에 비해 사부 쪽에 가까운 게 맞았다.

고개를 끄덕이며 이춘상은 유하성을 힐끔 쳐다봤다.

범상치 않다는 걸 알았지만 무당검선과 이렇게 스스럼없이 지낼 줄은 몰랐기에 이춘상은 속으로 조금 놀란 상태였다.

"한 가지 묻고 싶은 게 있는데."

"하하. 말씀하시죠."

"취선이 강력하게 발의했다고 하던데. 혹시 네가 바람을 넣은 거냐?"

"예."

"응?"

명천이 눈을 동그랗게 떴다.

이렇게 순순히 인정할 줄은 몰라서였다.

"하성이에 대해 말했더니 한번 보고 싶다고 하시던데요. 오랜만에 무당산의 정기도 느껴 보고 싶다고 하셨고요. 겸사 겸사 어르신도 한번 만나시겠다고 하셨습니다. 어쩌면 이번이 마지막일지도 모른다고 하시면서요."

"푸하하하!"

명천이 크게 웃었다.

마지막 말은 정말 취선의 말투여서였다.

그리고 가만히 곱씹어 보면 틀린 말이 아니었다.

그나 취선의 나이를 생각하면 이번에 만나는 게 정말 마지막일 수도 있었다.

"근데 제가 보기에는 백 세까지는 거뜬하실 것 같습니다. 워낙에 정정하셔서."

"그건 모르는 일이지. 우리 나이쯤 되면 일 년 일 년이 확 달라. 너희들은 모르겠지만."

취선이 정정한 건 인정하지만 앞으로도 그럴 거라 장담하기는 힘들었다.

더욱이 취선은 역마살 때문에 어려서부터 중원이 좁다 하며 종횡했기에 더 노화가 급격하게 올 수도 있었다.

그렇다고 끼니를 제때 챙기는 것도 아니었으니까.

"욕을 많이 먹으면 오래 산다고 하더라고요."

"녀석. 그건 속설이지."

"제가 오래 살지는 않았지만, 지금까지 본 걸 보면 7할 이상은 맞는 것 같습니다. 욕먹은 사람이 오래 살긴 하더라고요. 물론 가장 중요한 건 실력이지만요."

"그게 가장 큰 이유지."

명천이 흥미로운 눈빛으로 이춘상을 쳐다봤다.

다른 이도 아니고 취선이 제자로 거두었다고 하기에 당연히 평범하지는 않을 거라 생각했다.

그런데 예상했던 것 이상이었다.

근골 역시 마찬가지였고.

'하지만 하성이에 비할 바는 아니지.'

검룡을 가볍게 제압했다는 소식은 명천도 들었었다.

작년 용봉회에서 가장 충격적인 사건 중 하나였으니까.

아마 정도무림 전체가 들썩였을 터였다.

패배야 병가지상사라고 하지만 검룡은 구룡 중 최강자였으니까.

그러나 그 대단한 이춘상도 유하성과 비교하면 빛이 바랬다.

때문에 명천은 득의양양한 미소를 지었다.

"근데 왜 너 혼자 왔어?"

"정확하게는 도망쳤다. 하도 괴롭혀 가지고……."

"괴롭힌다고?"

"응. 이제야 제정신 차렸다고 얼마나 잔소리를 하시던지. 아주 귀에서 피가 날 지경이었다니까."

"그럴 거면 몰래 와야 하는 게 맞지 않나?"

유하성이 헛웃음을 흘렸다.

바람은 있는 대로 넣고 도망친 게 이해가 되지 않아서였다.

대개 도망은 자신을 찾지 못하는 곳으로 가야 하는데 이춘상은 정반대였다.

"사부님이 개방주시다. 중원에서 내가 숨어 있을 만한 곳은 없어. 소림사에 있을 때야 포기하셨으니까 그런 거고. 그리고 개방만 주장한 게 아냐. 남궁세가에서도 이번 용봉회가 무당산에서 열리길 바랐어. 혹시 들었나?"

"들었지."

"그럼 남궁가주님이 오신다는 것도?"

"그럴 수도 있다고 들었다."

"오시는 중이다. 출발한 지 이제 한 이틀 됐나?"

이춘상이 손가락을 꼽으며 계산했다.

언제 보고받았는지 생각하는 모양이었다.

그런데 그 말에 원상과 원호를 비롯해서 다른 제자들이 귀를 쫑긋거렸다.

무당검선이 옆에 있었지만 검제의 등장은 또 달라서였다.

"금방 오겠네."

"날짜보다 조금 일찍 도착할걸. 예정보다 일찍 출발했으니까. 검룡도 오고, 소화도 온다."

"그렇군."

"뭔가 아는 거 없어?"

이춘상이 팔꿈치로 유하성의 옆구리를 찔렀다.

무언가 짐작 가는 게 있지 않겠느냐는 눈빛이었다.

그러나 유하성의 표정은 변화가 없었다.

"없는데?"

"정말?"

"응."

"흐음."

이춘상이 두 눈을 게슴츠레하게 떴다.

암만 봐도 의뭉스러워서였다.

게다가 그의 촉이 말해 주고 있었다.

분명히 유하성과 검제와 무언가 연관이 있다고 말이다.

"오시면 알게 되겠지."

"무당산에 도착하자마자 너부터 찾아오는 거 아냐?"

"그럴 리가. 장문사형도 계신데."

"내 촉은 너 때문이라고 말하는데 말이지."

이춘상의 눈빛이 유하성의 얼굴을 찌를 것처럼 강렬하게 번뜩였다.

하지만 그 따가운 시선에도 유하성은 시종일관 담담했다.

"촉일 뿐이지."

"말은 진짜 잘한다니까. 넌 거지를 했어도 잘했을 거야."

"거지로 살기에는 내가 너무 성실하지."

"나도 성실하거든. 예전의 내가 아니란 말씀!"

이춘상이 히죽 웃으며 말했다.

그러면서 소매를 걷어 올렸다.

예전에는 새하얗던 팔뚝이 지금은 햇볕에 타서 그런지 갈색빛이 돌고 있었다.

"어디 한번 볼까."

"어?"

생각지도 못한 말을 들어서일까.

이춘상이 두 눈을 동그랗게 떴다.

그리고 원상과 원호도 놀랐다.

일 년 가까이 이춘상이 그렇게 따라다니고 매달렸음에도 비무를 허락하지 않았었는데 지금 해 주겠다고 하자 두 사람 다 놀란 눈으로 유하성을 쳐다봤다.

"싫으면 말고."

"아니! 당연히 좋지! 놀라서 말문이 막혔던 거야."

"피곤하면 내일 해도 되고."

"무슨 소리. 천하가 좁다고 돌아다닌 사람이 나다. 여독 같은 건 전혀 없어. 오히려 몸이 딱 적당하게 풀린 상태지."

이춘상이 씨익 웃으며 몸을 풀었다.

들뜬 기색을 여지없이 드러내며 양팔을 크게 휘둘렀던 것이다.

동시에 주변으로 제자들이 모여들었다.

유하성과 후개의 비무에 다들 하던 수련을 멈추고 한쪽에 모였다.

"부탁이 하나 있는데."

"비무를 공개해도 되냐는 거지? 난 괜찮아. 어차피 앞으로 얼굴 자주 볼 사이인데. 원상과 원호는 일 년 가까이 동고동

락한 사이이기도 하고. 결정적으로 무당과 개방은 단 한 번도 사이가 나빴던 적이 없잖아?"

"고맙다."

"흐흐! 이 정도 가지고 뭘."

이춘상이 손을 크게 저었다.

생각지도 못한 선물에 기뻐하는 기색이었다.

그러나 두 눈빛만큼은 진지했다.

흔치 않은 기회이기도 했지만 유하성은 그보다 강했다.

'모든 걸 쏟아부어야 해. 간 보기 따위는 필요 없다.'

유하성이 얼마나 지독하게 수련하는지 누구보다 잘 알았다.

그렇기에 이춘상은 적당히 흥분하며 긴장감을 유지했다.

다음에 또 언제 비무를 할 수 있을지 장담할 수 없기에 지금의 기회를 최대한 이용해야 했다.

그리고 궁금했다.

현재 자신과 유하성의 격차가 말이다.

헤어지고 부단히 노력했기에 이춘상은 현재의 격차가 어느 정도일지 궁금했다.

"심판은 내가 봐 주마. 없어도 될 것 같지만, 그래도 형식은 지켜야 하니."

"감사합니다."

"시작은 알아서 해."

무당
패왕
武當霸王

명천이 손을 휘휘 저었다.

하지만 두 눈에는 옅은 기대감이 서려 있었다.

유하성의 실력을 알지만 비무를 보는 건 처음이었다.

그렇기에 명천은 기대감이 서린 눈으로 두 사람을 응시했다.

"난 준비됐어."

"나도."

"그럼, 간다!"

이춘상의 눈빛이 돌변했다.

장난기 가득하던 눈빛은 사라지고 진지함만이 가득했다.

또한 투지 역시 짙게 서려 있었다.

지더라도 결코 쉽게 지지는 않겠다는 의지가 두 눈과 온몸에서 느껴졌다.

휘리릭!

현란한 보법과 함께 이춘상의 신형이 순식간에 유하성의 앞에 도달했다.

두 걸음 정도밖에 안 움직인 것 같은데 한순간에 코앞까지 다가온 것이었다.

그와 동시에 이춘상의 주먹이 묵직하게 유하성의 복부를 향해 파고들었다.

개방이 자랑하는 절기이자 이춘상이 가장 먼저 익힌 무공인 파옥권이었다.

후우웅!

단단한 옥을 단숨에 쪼개 버린다는 이름처럼 이춘상의 정권은 강맹했다.

단순한 정권 찌르기였음에도 묵직한 파공음을 일으키며 유하성에게 쇄도했던 것이다.

하지만 유능제강이라는 말처럼 유하성은 맹렬한 기세로 파고드는 이춘상의 일권을 부드럽게 흘려 냈다.

유려한 움직임으로 타점을 피해 냄과 동시에 두 팔을 이용해 이춘상의 정권을 밀어 냈던 것이다.

스으윽.

그리고 거기서 그치지 않고 유하성 역시 반격했다.

이춘상의 공격을 흘려 냄과 동시에 주먹을 내질렀던 것이다.

그러나 물 흐르듯이 이어지는 반격에도 이춘상은 당황하지 않았다.

대신 개방 특유의 실속적이고 얄미운 보법을 선보이며 유하성의 일권을 피해 냈다.

파파파팡!

유하성의 공격을 피해 낸 이춘상은 사방팔방 움직이며 맹공을 펼쳤다.

자신이 펼칠 수 있는 모든 공격을 쏟아부은 것이다.

하지만 극성으로 펼치는 파옥권을 유하성은 어렵지 않게

받아 냈다.

태극권 특유의 움직임으로 강맹한 파옥권을 전부 다 흘려 냈던 것이다.

'끊어야 한다.'

유하성은 절대 정면으로 부딪치지 않았다.

그저 흘려 내고 피해 내기만 했다.

그리고 그럴수록 손해인 건 이춘상이었다.

방어하는 쪽보다 공격하는 쪽이 내공 소모는 물론이고 체력 소모도 더 클 수밖에 없었다.

'더욱이 하성이는 체력이 괴물이다.'

처음 유하성과 체력 훈련을 하고 나서 이춘상은 토를 했었다.

딴 데 가서 할 정신도 없이 그냥 구토했다.

그 정도로 유하성이 평소에 하는 훈련량은 상상을 초월할 정도였다.

물론 지금은 그때와 비교도 할 수 없을 정도로 체력이 증진되었지만 유하성에 비할 바는 아니었다.

'지금과 같은 공방은 내게 불리해.'

누구도 우세를 점하지 못한 상태였지만 이춘상의 생각은 달랐다.

비슷하게 체력과 진기가 소모된다면 불리한 건 그였다.

때문에 이춘상은 결단을 내렸다.

'승부수를 띄운다.'

유능제강이라는 말이 있지만 강이 극에 이르면 얘기는 달라졌다.

그리고 개방에는 극강이라고 말하기에 부족함이 없는 무공이 하나 있었다.

우르르릉!

마음을 먹기 무섭게 묵직한 공명음이 흘러나왔다.

동시에 이춘상의 양팔에 우윳빛 강기가 맺혔다.

쑤아아앙!

손에서부터 일어난 강기가 폭발하듯 유하성을 향해 뻗어나갔다.

무시무시한 기세로 모든 걸 짓뭉개 버릴 듯이 쇄도했던 것이다.

"흐읍!"

찬란하게 빛나는 강룡십팔장의 모습에 유하성이 주먹을 폈다.

태극권에서 면장으로 무공을 바꾸었던 것이다.

그와 동시에 그의 양손이 쉴 새 없이 움직이기 시작했다.

콰콰콰쾅!

처음으로 부딪친 두 사람의 기운에 허공 곳곳에서 굉음이 울려 퍼졌다.

제대로 된 충돌에 폭음과 굉음이 난무했던 것이다.

귀가 쩌렁쩌렁하게 울릴 정도로 사방을 진동시키는 굉음이었으나 누구도 눈살을 찌푸리지 않았다.

오히려 다들 눈을 부릅뜨고서 두 사람을 주시했다.

"큭!"

지금까지와는 달리 두 사람 다 충돌을 피하지 않았다.

그런데 반응은 완전히 달랐다.

무표정하게 면장을 펼치는 유하성과 달리 이춘상의 표정은 시간이 갈수록 점점 더 붉어졌다.

하지만 극심한 내공 소모보다 그를 더 힘들게 만드는 건 따로 있었다.

'이 정도로, 밀린다고?!'

내공 소모가 극심한 만큼 강룡십팔장은 막강했다.

괜히 개방을 대표하는 절학이 아닌 것이다.

그런데도 유하성의 면장은 그의 강룡십팔장을 정면으로 맞받아치는 걸 넘어 장강을 야금야금 부수고 있었다.

면면부절이라는 별칭답게 끊임없이 몰아치며 강기로 이루어진 용을 뜯어냈던 것이다.

"흐아압!"

시간이 갈수록 점점 더 야위어지는 장강의 모습에 이춘상은 이를 악물었다.

정면에서 밀린다면 다른 방법을 택하면 되었다.

패배가 결정 나기 전까지 승부는 끝난 게 아니었다.

그렇기에 이춘상은 굳건하게 육신을 지탱하던 두 다리를 움직였다.

스스슥!

힘이 부족한 걸 아는데 정면대결을 고집하는 건 어리석은 짓이었다.

진짜 고수는 상대방의 힘도 이용할 줄 아는 법이었다.

게다가 개방에는 뛰어난 무공들이 많이 있었다.

'우선 숨을 돌린 다음에……!'

확연히 밀렸지만 아직 승부가 난 건 아니었다.

물론 여유는 없었다.

내공 소모는 물론이고 정신적인 부분 역시 지친 건 사실이었으니까.

하지만 아주 잠깐 숨 돌릴 틈은 있었다.

"어딜 가려고."

다만 문제는 그런 이춘상의 생각을 유하성이 꿰뚫어 보고 있다는 점이었다.

마치 그의 속내를 훤히 들여다보고 있다는 듯이 유하성이 창졸간에 간격을 좁히며 손을 뻗었다.

꽈아앙!

"큭!"

멱살을 잡히면 어떻게 되는지 너무나 잘 알기에 이춘상은 반사적으로 강룡십팔장을 펼쳤다.

武當霸王
무당
패왕

그런데 자세가 좋지 않은 상태에서 맞받아쳐서 그런지 그의 몸이 크게 흔들렸다.

그리고 유하성은 그 틈을 놓치지 않았다.

균형을 잃은 이춘상을 그대로 난타했던 것이다.

퍼퍼퍼퍽!

발경의 묘리가 담겨 있는 공격에 이춘상은 속수무책으로 당했다.

반격을 하고 싶어도 몸속으로 파고든 유하성의 진기가 내부를 헤집었기에 뜻대로 공력을 운용할 수가 없었다.

그 결과 이춘상은 창백한 안색으로 패배를 선언할 수밖에 없었다.

"하, 항복!"

스윽.

이춘상의 말에 유하성의 손바닥이 얼굴 앞에서 멈췄다.

정말 종이 한 장 들어갈까 말까 한 간격을 남기고서 멈춘 것이었다.

그 모습에 이춘상이 해쓱한 표정을 지었다.

"고생했어."

"후우. 그래. 진짜 고생했지. 면장도 견식하고. 근데 면장이라고 하기에는 너무 살벌한 거 아냐? 아주 그냥 기맥을 찢어 버릴 기세던데?"

이춘상이 고개를 휘휘 저으며 말했다.

호흡을 고르면서도 할 말은 다 했던 것이다.

"겉으로 부드러워 보인다고 속까지 부드러울 필요는 없잖아?"

"그렇긴 한데. 흐음."

이춘상이 갑자기 미간을 좁혔다.

유하성의 한마디에서 무언가가 잡힐 듯 말 듯 해서였다.

그런 이춘상의 모습에 유하성은 조용히 기다려 주었다.

깨달음이란 게 불현듯 찾아오기도 한다는 걸 알아서였다.

"아, 모르겠다."

"뭐야."

머리를 휘휘 젓는 이춘상의 모습에 유하성이 피식 웃었다.

너무 쉽게 단초를 포기하는 것 같아서였다.

"나중에 복기하면 또 떠오르겠지. 억지로 잡으려고 해서 잡히는 게 깨달음은 아니잖아?"

"그렇긴 하지."

어깨를 으쓱이며 말하는 이춘상의 말에 유하성이 고개를 주억거렸다.

잡으려고 하면 오히려 멀어지는 게 깨달음이었다.

잡힐 듯 말 듯 할 때는 오히려 자연스럽게 놔두는 게 더 좋을 때도 있었다.

"앞으로는 쭉 함께 지낼 텐데."

"지금 그 발언은 좀 그런데."

"흐흐! 설마 내가 여기서 평생 지내겠어? 나도 사부님만큼은 아니지만 역마살이 있는 몸이다. 원하는 걸 얻으면 알아서 떠날 거다."

"이왕이면 적당히 머물고 갔으면 좋겠는데."

"내가 얻고 싶은 걸 빨리 얻으면, 일찍 떠날 수도 있겠지?"

이춘상이 음흉하게 웃었다.

그런데 그 말은 달리 말하면 원하는 걸 얻지 못하면 무당산을 하산하지 않겠다는 말과도 같았다.

그래서 유하성은 께름칙한 표정을 지었다.

"협박이냐?"

"어허. 우리 사이에 협박이라니. 단어가 좀 그러네. 어차피 너도 평생 여기에 머물 건 아니잖아? 혼인도 하고, 자식도 낳고 그래야지. 진산제자야 무당산에 있어야 하지만 넌 속가제자잖아. 딱 서른아홉 살까지는 즐기고 결혼해서 불혹에 자식을 낳으면 딱일 것 같은데."

"내 인생 설계는 내가 알아서 하마."

"크흐흐흐!"

무슨 생각을 하는 것인지 이춘상이 음흉하기 짝이 없는 웃음을 흘렸다.

듣는 순간 소름이 오싹하게 돋는 웃음소리에 유하성은 몸을 돌렸다.

"일단 앞으로 머물 방부터 안내해 주마."

"나야 뭐, 아무 데서나 잘 자니까 어떤 곳이든 상관없어."

어느새 멀어진 유하성의 뒤를 따르며 이춘상이 히죽 웃었다.

이동하는 일단의 무리를 본 무당파의 제자들이 웅성거렸다.

청정도문이라 불리는 무당파이지만 여인이 아예 없는 건 아니었다.

화산파처럼 여자 진산제자가 있는 건 아니었으나 속가제자들 중에는 여인들도 제법 있었다.

하지만 지금 걸어가는 여인 정도의 미모를 가진 여제자는 없었기에 다들 얼굴이 벌게진 채로 힐끔거렸다.

"무당산에 오는 게 처음이 아닌데, 오늘은 왠지 모르게 느낌이 달라."

"나도 그래. 아는 사람이 있어서 그런가?"

"에이. 예전에는 아는 사람이 없었나. 근데 누나 엄청 훔쳐본다. 도사도 남자인 건 어쩔 수 없나 봐."

"애는."

서문예지가 남동생을 흘겨봤다.

청정도문에서, 그것도 무당파에서 못 하는 말이 없어서였다.

그런데 예전이었다면 주눅이 들었을 서문광이 되레 히죽 웃었다.

"내가 뭐 거짓말했나. 다들 훔쳐보는 거 누나도 느끼잖아."

"그래도 굳이 말할 필요는 없지."

"좋으면서 아닌 척하기는."

"썩 좋지는 않거든. 매일 받는 시선인데 뭐가 좋아. 이제는 덤덤해."

"우와. 자신감 보소. 근데 누나는 뭐, 인정할 수밖에. 그래도 작년보다는 낫지 않을까? 이번에는 친한 사람도 있고."

작년에 남궁세가에서 열린 용봉회는 서문광에게 있어 썩 좋지 않은 기억만 남겨 주었다.

하지만 이번에는 달랐다.

장소도 변했지만 이번 용봉회에는 그가 만나고 싶은 인물이 두 명이나 있었다.

때문에 서문광은 작년 용봉회와는 전혀 다른 모습을 보여 주었다.

'다행이기도 하고, 걱정이 되기도 하네.'

그 변화를 누구보다 잘 알았기에 서문예지는 다행스러우면서도 걱정이 되었다.

누군가를 의지하는 건 좋지만 도를 넘어서는 안 되어서였다.

아니, 오히려 서문광은 사람들을 이끌어야 했다.

앞으로 서문세가를 이끌 사람이 바로 서문광이었으니까.

'그래도 일단 긍정적인 방향으로 변한 건 사실이었으니까.'

서문예지는 불과 얼마 전까지 늘 남동생에게 미안했었다.

서문세가의 소가주는 서문광인데 세인들의 모든 관심은 자신에게 향해 있어서였다.

본래 주목받아야 하는 이는 서문광이었기에 서문예지는 늘 마음 한구석에 미안한 마음이 있었는데 지금은 그게 조금 사라져 있었다.

"너만 친하다고 생각하는 거 아냐?"

"……사실 나도 그게 걱정이긴 해. 막상 찾아갔는데 기억 못 할 수도 있고."

서문광이 시무룩한 표정을 지었다.

자신은 두 사람을 기억하지만 둘은 그를 기억하지 못할 수도 있었다.

둘에게 있어 자신은 그저 수많은 명문세가 중 한 곳의 소가주일 수도 있으니까.

게다가 둘 다 그와는 비교도 할 수 없는 위치에 있었다.

"뭘 또 침울해하고 있어. 헤어진 지 얼마나 되었다고 기억

못 하겠어? 걱정하지 마."

"역시 그렇겠지?"

"다만 서로 온도 차이는 조금 있겠지."

"병 주고 약 주네."

서문광이 입을 삐죽 내밀었다.

누가 백화 아니랄까 봐 냉정해도 이렇게 냉정할 수가 없었다.

그런데 그 모습이 서문예지에게는 귀여워 보였는지 팔로 그의 목을 감쌌다.

"으이그. 너무 일희일비하지 말라는 거지. 반대로 우릴 반겨 줄 수도 있고."

"이 소협님은 반겨 주실 거 같긴 한데."

"유 공자님은 아닐 것 같지?"

"음. 기대는 안 하는 게 좋겠지?"

힘으로 누나의 팔을 밀어 내며 서문광이 말했다.

아무래도 이춘상보다는 유하성이 다가가기 힘든 게 없지 않아 있었다.

"일단 가 보자."

"응."

두 남매가 안내해 주는 이대제자를 따라 발걸음을 옮겼다.

그리고 그 뒤를 서문세가의 호위무사들이 뒤따랐다.

"예쁘긴 엄청 예쁘다."

"괜히 무림삼화가 아닌 거지."

"얼굴이 미쳤네. 그냥 미쳤어."

빠르게 지나가는 서문예지를 힐끔거리며 무당파의 제자들이 소곤거렸다.

특히 세 청년의 시선은 서문예지에게 박혀 움직이지 않았다.

아니, 정확하게는 서문예지가 움직이는 대로 시선이 따라갔다.

"근데 지금 어디로 가는 거야?"

"못 들었어? 연구동으로 간다잖아."

"유 사숙이 계신 곳?"

"맞아."

소식이 늦은 일대제자 한 명이 고개를 갸웃거렸다.

서문세가라 하면 오대세가에는 속하지 못해도 십대세가를 꼽으면 들어갈까 말까 하는 가문이었다.

즉 숙소를 배정받을 때 제법 괜찮은 곳을 배정받을 수 있다는 뜻이었다.

그런데 연구동으로 간다고 하자 그는 의아했다.

"거기를 왜? 인연이 있나?"

"소문에 의하면 작년 용봉회에서 만난 적이 있다던데?"

"정확하게는 후개하고 인연이 있다고 하더라고. 유 사숙은 그냥 함께 있었고."

"신기하네. 개방의 후개도 찾아오고, 백화도 찾아가고."

두 명이 이해할 수 없다는 표정을 지었다.

물론 유하성이 평범한 속가제자가 아니라는 건 그들도 잘 알고 있었다.

평범한 속가제자라면 아무리 같은 배분이라고 하더라도 무당파의 장로들을 두들겨 팰 수 없었다.

한데 실력이 높다고 해서 꼭 명성이 높은 건 아니었다.

"정확하게 말하면 백화가 아니라 서문세가의 소가주가 찾아가는 거다. 백화는 누나니까 함께 가는 거고."

여전히 의아한 기색을 지우지 못하는 두 사람을 향해 사내가 정확하게 짚어 주었다.

두 사람이 생각하는 그런 관계가 절대 아니라는 듯이 말이다.

"의외로 잘 알고 있네?"

"개인적으로 궁금해서 알아봤지. 다른 무림삼화에 대해서도 좀 물어보고."

"이번에도 다 온다던데. 눈은 호강하겠다. 흐흐흐!"

"어이구. 도사가 할 말이냐?"

"도사니까 이런 기회가 있을 때 구경해 놔야지. 언제 또 내 인생에서 무림삼화를 만나겠어? 인연이 닿을 때 최대한 만나 봐야지."

그렇게 말한 일대제자의 시선은 여전히 서문예지에게 향

해 있었다.

이제는 뒷모습밖에 보이지 않는데도 말이다.

"어? 저거 금와장의 마차 아냐?"

"어디?"

"저기. 산문 근처."

가장 먼저 서문예지에게서 시선을 뗀 일대제자가 깜짝 놀란 표정을 지었다.

금와장이 용봉회에 참석하는 게 놀라운 일은 아니지만 규모가 생각보다 커서였다.

자제들만 왔다면 마차가 한두 대일 텐데 지금 보이는 마차는 무려 다섯 대가 넘었다.

호위대의 규모도 상당했고 말이다.

"헐."

"설마 금와장주가 온 건가?"

"분위기가 그런 거 같은데?"

"잠깐만. 저 방향은 방금 전에 서문세가가 간 쪽 아냐?"

일사불란하게 움직이는 호위대의 모습에 일대제자들이 눈을 휘둥그레 떴다.

가운데에 위치한 마차에서 내린 세 사람이 익숙한 방향으로 이동하는 게 보여서였다.

"설마?"

"에이. 장문인께 가는 게 아니라 연구동에 간다고?"

"다른 손님들도 있으니까 바로 인사드리기가 쉽지 않다고 해도 왜 굳이?"

세 명의 제자들이 서로를 쳐다봤다.

그러나 이내 고개를 저었다.

아무리 순서를 기다려야 한다지만 연구동에 가는 건 말이 되지 않아서였다.

그런데 셋의 생각과 달리 금와장의 무리는 방금 전 서문세가가 지나갔던 길을 그대로 따라갔다.

"헐."

그 모습에 셋은 얼빠진 표정을 지었다.

"안녕하세요!"

연구동에 도착한 서문광이 우렁차게 소리쳤다.

반가운 마음을 가득 담아 먼저 인사했던 것이다.

"너랑 똑같네. 너를 닮고 싶어 해서 그런가?"

"크하하!"

오자마자 크게 인사하는 서문광의 모습에 유하성이 피식 웃었다.

괜히 추종자가 아니라는 듯이 하는 행동이 이춘상과 똑같아서였다.

"안녕하세요, 유 공자님. 이 소협님!"

"여어. 일찍 왔네?"

"예. 하하."

생각했던 것보다 더 반갑게 맞아 주는 이춘상의 모습에 서문광의 얼굴이 밝아졌다.

다행히 민망한 상황은 벌어지지 않을 것 같아서였다.

게다가 의외로 유하성의 반응도 나쁘지 않았다.

"오랜만이에요. 두 분 다 잘 지내셨나요?"

"저는 못 지냈습니다. 사부님한테 엄청 시달려서요."

"아, 예."

여과라고는 전혀 없는, 마음속의 말이 그대로 쏟아져 나오는 이춘상의 말에 인사를 했던 서문예지가 당황한 표정을 지었다.

하지만 이내 빠르게 표정을 가다듬었다.

"바로 오신 겁니까?"

짐을 고스란히 짊어지고 있는 하인들의 모습에 유하성이 의아한 표정으로 물었다.

대개는 배정받은 숙소에 들렀다가 오는데 그러지 않은 듯해서였다.

"예. 광이가 이곳에 먼저 오고 싶다고 해서요."

"혹시 저희도 이곳에 머물 수 있을까요?"

유하성의 시선을 느낀 듯 서문예지가 어색하게 웃으며 대

武當霸王
무당
패왕

답했다.

그런데 누나의 마음을 모르는지 서문광이 훅 하고 들어왔다.

간절한 눈빛으로 유하성을 쳐다봤던 것이다.

"빈방이 있기는 한데."

"부탁드리겠습니다!"

"근데 굳이 여기서 지낼 이유가 있습니까? 서문세가라면 더 좋은 곳을 배정받았을 텐데요."

"저도 함께 수련하고 싶어서요. 지난번 용봉회 때도 함께 지내면서 많이 배웠거든요."

죽는 게 아닐까 싶을 정도로 힘들었지만 그렇기에 많이 발전하기도 했었다.

특히 마음가짐이 달라졌다.

고수이면서도 엄청나게 수련하는 유하성과 이춘상을 보며 그도 느끼는 바가 있었던 것이다.

그리고 두 사람에게 보여 주고 싶은 것도 있었다.

"알겠습니다."

"감사합니다!"

"네가 안내해 드려."

"어? 나도 손님인데?"

"네가 해 주는 걸 좋아할 거 같은데?"

어처구니없다는 표정을 짓던 이춘상이 이내 납득했다.

서문광이 자신을 찾아왔다는 걸 알아서였다.

그래서 그는 군말 않고 서문세가 사람들을 데리고 숙소로 들어갔다.

"이러다가 방이 모자라는 거 아닌지 모르겠습니다."

"설마. 또 올 사람이 있겠어?"

"왠지 더 올 것 같은데요?"

슬그머니 다가온 원상이 씨익 웃으며 말했다.

그러면서 그는 넋을 잃고서 서문예지를 쳐다보는 제자들을 바라봤다.

무림삼화에 대해서 말은 많이 들었어도 본 건 처음이라서 그런지 다들 정신을 차리지 못하고 있었다.

그리고 그중에는 나이 지긋한 이들도 많았다.

"남궁세가에서는 올 수도 있겠지."

검룡 남궁준은 이춘상과도 인연이 있는 만큼 올 확률이 높았다.

지난번의 패배를 설욕하기 위해서 말이다.

"어?"

"또 손님이다!"

유하성이 남궁준과 남궁수에 대해서 생각하고 있을 때 연무장에서 소란이 일었다.

동시에 상당수의 인기척도 느껴졌다.

"금와장주님인데요?"

옆에 서 있던 원상이 놀란 목소리로 말했다.

생각지도 못한 인물의 등장에 원상도 당황한 것이었다.

"그러네."

금와장주의 등장은 유하성도 놀라운지 눈동자가 커졌다.

작년에 참석했기에 이번에도 올 가능성이 있다고 생각하긴 했으나 이렇게 찾아올 줄은 몰랐기에 유하성은 놀란 기색을 감추지 못했다.

"하하하. 그동안 잘 지내셨는지요?"

"오랜만입니다, 장주님."

여전히 풍채 좋은 모습으로 다가온 황만덕이 사람 좋은 미소를 지으며 인사해 왔다.

그런 그를 향해 유하성도 정중하게 포권을 했다.

"집에 돌아오셔서 그런가. 얼굴이 더 좋아지신 것 같습니다."

"감사합니다."

"오랜만에 뵈어요."

"아, 안녕하세요?"

황만덕과 인사를 나누자 함께 온 황주연이 정중하게 고개를 숙였다.

그런데 그녀는 혼자가 아니었다.

이제 대여섯 살 남짓한 사내아이와 함께였는데 유하성이 낯설어서 그런지 누나의 다리 뒤에 숨어서 고개만 꾸벅 숙였다.

"하하. 제 막내아들입니다. 너무 집에만 있는 것 같아 이번에는 데려왔습니다. 슬슬 세상을 볼 때가 되었기도 하고요."

"총명해 보이네요."

"그렇습니까?"

자식 칭찬을 싫어하는 부모가 없듯이 유하성의 말에 황만덕의 입이 찢어질 정도로 벌어졌다.

하지만 부친의 마음과는 달리 꼬마 아이는 낯을 가렸다.

그러면서도 유하성에게 궁금한 게 많은지 몰래 힐끔거렸다.

"예."

"근골은, 어떻습니까?"

함박 미소를 지었던 황만덕이 조심스럽게 물었다.

중원에서 손꼽히는 거부가 그였지만 반대로 말하면 그의 재산을 노리는 이들 역시 많다는 뜻이었다.

그렇기에 실력 좋은 무인들을 영입해 호위대를 꾸렸지만 결국 마지막에 스스로를 지킬 수 있는 건 자기 자신뿐이었다.

때문에 황만덕은 아들에게 무재가 있었으면 싶었다.

'이제는 빛을 볼 때가 되기도 했고.'

대대로 황씨 가문은 부자였다.

그래서 노력도 많이 했다.

도둑들에게서 재산을 지키기 위해 다양한 방법을 시도했고, 그중 하나가 바로 결혼이었다.

애초에 부인을 한 명만 둘 수 있는 신분이 아니었기에 역대 금와장주들은 첩을 들일 때 무골을 가장 중시해서 봤다.

상재에 이어 무재도 손에 넣고자 했던 것이다.

하지만 안타깝게도 지금까지 결실은 없었다.

"원하시는 수준 정도는 아닌 듯합니다."

"역시 그렇습니까."

내심 기대했던 모양인지 황만덕의 목소리에 힘이 없었다.

그러나 유하성의 말은 끝난 게 아니었다.

"근골이 무재의 전부는 아닙니다. 일부분일 뿐이죠. 그리고 세상은 넓고 다양한 무공이 존재합니다. 잘 맞는 무공과 인연이 닿는다면 고수가 될 수 있습니다. 물론 그 과정이 쉽지만은 않겠으나, 그건 모든 무인들이 마찬가지입니다. 수없이 많은 유혹을 이겨 내고 스스로를 갈고닦아야 하는 게 무인입니다."

"그렇지요."

이어지는 유하성의 말에 황만덕의 얼굴이 밝아졌다.

그리고 황주연의 뒤에 숨어 있던 황주성의 눈빛이 초롱초롱해졌다.

적어도 가능성은 있다는 뜻이었기 때문이다.

모두가 그에게 재능이 있다고 말했지만 황주성은 금와장의 사람들이 뒤에서 속닥거리는 걸 들었다.

자신의 재능이 썩 뛰어나지 않다고 말이다.

들인 돈에 비하면 망했다고까지 했다.

그런데 유하성만은 다르게 봐 주었다.

"스스로의 미래도 모르는 게 사람입니다. 그런데 어찌 다른 이의 미래를 장담할 수 있겠습니까."

"맞습니다. 맞고말고요."

황만덕이 맞장구를 쳤다.

더욱 밝아진 얼굴로 말이다.

다른 사람이 말했다면 헛소리로 치부하겠지만 말을 꺼낸 이가 유하성이었다.

게다가 그 역시 느끼는 바가 있었기에 황만덕은 눈을 빛냈다.

"모두에게 가능성은 있다고 생각합니다. 단지 그걸 키워가느냐, 포기하느냐는 각자의 마음가짐에 달려 있겠지요. 저도 그렇고, 춘상이도 그랬고요."

"너무 감사합니다. 이렇게나 좋은 말씀을 해 주셔서."

"그 정도까지는 아닙니다."

유하성이 웃으며 고개를 저었다.

겸양을 떠는 게 아니라 진짜 별다른 말이 아니었다.

그저 평소에 그가 생각하던 걸 말한 것뿐이었다.

하지만 황만덕에게는 다르게 다가왔다.

"오늘 무슨 날이더냐? 왜 이렇게 북적북적해?"

"허업!"

유하성의 손을 붙잡고 연신 허리를 숙이던 황만덕의 두 눈이 더 이상 커지기 힘들 정도로 커졌다.

연구동에 자주 온다는 소식을 듣긴 들었으나 이렇게 직접 마주치리라고는 생각하지 못했었기에 황만덕은 깜짝 놀란 표정을 지었다.

"응? 자네는 금와장주 아닌가?"

"거, 검선 대협을 뵙습니다."

황만덕의 말에 호위대가 술렁거렸다.

그들도 나름 난다 긴다 하는 고수들이었지만 무당검선 앞에서는 아무것도 아니었다.

당대 천하십대고수의 일인이 명천이었기에 호위대는 그를 향해 예를 갖추었다.

"자네가 여긴 어인 일인가? 누구보다 바쁜 사람이?"

호위대가 일제히 고개를 숙였으나 명천은 가볍게 손을 휘젓는 것으로 인사를 대신했다.

그러나 그 모습에 불만을 품는 이들은 없었다.

오히려 대부분이 감격한 표정이었다.

그저 인사를 받아 준 게 다였는데 말이다.

"유 공자님을 만나러 왔습니다."

"보아하니 도착하자마자 온 거 같은데. 장문인은 어쩌고?"

명천이 재미있다는 표정을 지었다.

다른 이도 아니고 중원제일의 거부라 불리는 황만덕이었다.

어떻게 보면 무당파의 장문인보다 만나기 힘든 인물이 그였다.

그런 이가 용봉회에 참석한 것도 놀라운데 무율보다 먼저 유하성을 찾았다는 사실에 명천이 의미심장한 얼굴로 황만덕을 쳐다봤다.

"중간에 시간이 좀 남았습니다. 대기 순서가 길더라고요."

"흐음. 그래?"

명천의 미소가 짙어졌다.

꼭 저 이유만은 아닌 거 같아서였다.

그런데 그 순간 명천의 시선이 황만덕의 옆에 서 있는 황주연에게로 향했다.

'호오?'

눈에 확 띄는 미모는 아니었으나 묘하게 시선을 끄는 느낌에 명천이 눈을 빛냈다.

한눈에 내미지상을 가진 아이라는 걸 알아봤던 것이다.

게다가 수많은 자식을 가진 황만덕이 용봉회에 데려왔다면 그만큼 특별하다는 뜻이기도 했다.

"예. 유 공자님과 안면이 있어서요. 장문인께는 시간에 맞

武當霸王
무당
폐왕

쥐 인사드리러 갈 생각입니다."

"어째 장문인과의 만남은 크게 중요하지 않은 듯한데?"

"그럴 리가요. 절대 그렇지 않습니다. 허허."

"뭐, 나야 이제 뒷방 늙은이이니 이래라저래라할 자격은 없지만."

"히익!"

명천이 어깨를 으쓱거렸다.

현역에서 물러난 그가 너무 관여하는 것도 좋지 않았다.

장문인 자리를 넘겼으면 죽이 되든 밥이 되든 무율을 믿어 주는 게 맞았다.

그런데 그때 숙소 쪽에서 경기를 일으키는 듯한 소리가 들려왔다.

"으응?"

그 소리에 반사적으로 고개를 돌리던 명천이 다시 한번 놀랐다.

보는 순간 주변을 밝게 만드는 미모를 가진 여인이 서 있어서였다.

"아, 안녕하십니까! 서문세가의 서문광이라고 합니다!"

"안녕하세요. 서문세가의 서문예지라고 하옵니다."

"아하. 서문세가의 아이들이었구나. 안 그래도 눈에 익다 싶었다."

바짝 긴장한 얼굴로 깍듯하게 인사해 오는 두 남매의 모습에 명천이 고개를 주억거렸다.

묘하게 눈에 익다 싶었는데 역시 만난 적이 있는 아이들이었다.

특히 그는 서문예지를 보며 놀란 표정을 지었다.

무림삼화라 불린다는 건 진즉에 들어 알고 있었지만 직접 보니 과연 무림에 핀 세 송이 꽃이라는 이명이 너무나 잘 어울렸다.

"만나 뵙게 되어 영광입니다!"

"암. 그래야지. 나 정도면 그런 말을 들어도 되지."

"예?"

순간 서문광이 당혹스러운 표정을 지었다.

자신이 잘못 들었나 싶어서였다.

그런데 옆에 있는 누나를 보니 표정이 자신과 똑같았다.

"뭘 그렇게 당황하느냐? 사람 민망하게."

"죄, 죄송합니다!"

"죄송할 것까지는 없고. 근데 여기서 머무는 게야?"

"그렇게 되었습니다."

명천의 시선이 유하성에게로 향했다.

소문대로 아름답기는 했으나 딱 거기까지였다.

서문세가니, 백화니 그에게는 딱히 중요치 않았다.

"금와장주도 내심 여기서 머물고 싶어 하는 기색인데?"

"맞습니다. 한적하니 좋기도 하고 날파리가 꼬일 것 같지도 않아서요."

황만덕이 냉큼 대답했다.

안 그래도 어떻게 말해야 하나 고민하던 차였다.

그런데 명천이 운을 떼니 그는 망설이지 않고 속내를 꺼냈다.

그리고 뒤늦게 황만덕과 황주연을 발견한 서문광과 서문예지가 둘을 향해 조용히 묵례했다.

"날파리라. 금와장주면 그리 말할 자격이 있지. 근데 결정권은 요 녀석한테 있어서 말이지."

"빈방이 있긴 합니다만 모두 묵을 수는 없습니다."

"방은 많이 필요 없습니다. 호위대는 임시 천막을 짓고 지내도 되니까요. 아니면 근처 숙소로 보내도 되고요. 유 공자님이 계신데 안전은 걱정할 필요가 없죠."

황만덕이 그건 전혀 문제 되지 않는다는 듯이 말했다.

당장 유하성과 후개인 이춘상이 머물고 있을뿐더러 무당 검선인 명천도 자주 찾아오는 곳이 이곳이었다.

그렇기에 안전은 딱히 걱정이 되지 않았다.

"알겠습니다. 원호야."

"예, 사숙."

"세 분께 방을 안내해 드리도록."

"네!"

짐을 풀지도 않고 곧장 이곳으로 왔기에 황만덕은 두 남매를 데리고서 숙소 안으로 들어갔다.

우선은 짐을 풀고 대화를 이어 갈 생각이었다.

용봉회는 길고 이번에는 무당산에서 열렸기에 유하성이 떠날 일은 없었다.

"오늘부터 엄청 시끌벅적하겠네. 근데 왠지 이게 다가 아닐 것 같은 느낌이 든단 말이지."

"저도요."

명천이 턱을 쓰다듬었다.

무언가 잊은 게 있는데 그게 떠오르지 않아서였다.

왠지 모를 찜찜함에 명천이 미간을 잔뜩 찌푸렸지만 이상하게 떠오르는 게 없었다.

보통의 사람들이라면 잠들어 있을 이른 시각임에도 연무장에는 열기가 가득했다.

모두가 새벽부터 나와 체력 단련을 하고 있어서였다.

그리고 그중에는 어제 도착한 서문광도 있었다.

"제법인데? 체력이 많이 늘었다?"

"본가로 돌아가서 열심히 했습니다."

"그냥 열심히 한 수준이 아닌데?"

작년과는 비교도 안 되는 체력을 보여 주는 서문광의 모습

무당
패왕

에 이춘상이 진심으로 놀란 표정을 지었다.

지난 용봉회에서 서문광은 명문세가의 소가주라고 하기에는 턱없이 부족한 실력을 가지고 있었었다.

그런데 지금은 달랐다.

어제도 조금 느끼긴 했는데 오늘 이렇게 함께 달리니 확실하게 알 수 있었다.

"달라져야 한다고 생각했거든요. 주변 탓만 해서는 아무것도 달라지지 않는다는 걸 깨달았어요. 열아홉이면 투정 부릴 나이는 지났잖아요."

"그렇지."

나란히 달리던 이춘상이 고개를 끄덕였다.

열아홉 살이면 장가도 갈 수 있는 나이였다.

일찍 혼례를 올렸다면 자식이 있을 수도 있는 나이였고.

"그리고 닮고 싶었어요."

서문광이 얼굴을 붉혔다.

이런 말을 대놓고 하기는 부끄러워서였다.

"닮고 싶다고? 누굴?"

"그건 비밀이에요."

"뭐, 자기만의 비밀은 있는 법이니까. 그런데 대단하네. 마음을 먹는다고 해서 이렇게 단기간에 달라지는 게 쉽지 않은데."

"이 소협님도 하셨잖아요."

"뭐야? 내가 했으니 너도 할 수 있다, 이거냐?"

이춘상이 실소를 흘렸다.

하지만 톡 쏘는 듯한 말투와 달리 그의 입가에는 흐뭇한 미소가 맺혀 있었다.

서문광이 남자로서 한 걸음을 내디딘 것 같아서였다.

그리고 그 변화에 자신이 조금은 영향을 끼친 것 같아 뿌듯했다.

"후욱! 훅!"

보신경을 수련할 겸 근처 산길을 한 바퀴 돌고 오자 연무장에서는 근력 운동이 한창이었다.

하나같이 유하성을 따라 물구나무를 선 채로 팔굽혀펴기를 하고 있었던 것이다.

이춘상이야 익숙해진 풍경이었지만 서문광은 처음 보는 것이었기에 입을 쩍 벌렸다.

특히 유하성이 땅을 짚은 손가락의 수를 점차 줄여 나가는 걸 보고는 입을 다물지 못했다.

"으으윽!"

"이번에는 성공한다!"

너무나 평온한 얼굴의 유하성과 달리 육신의 힘만으로 팔굽혀펴기를 하는 무당파 제자들의 얼굴은 하나같이 터질 것처럼 붉어졌다.

벌써 꽤 오랫동안 단련했음에도 불구하고 아직도 적응이

되지 않았다.

다들 각자의 고비를 못 넘기고 있다고나 할까.

그나마 원상과 원호만이 능숙하게 손가락 두 개씩으로 팔굽혀펴기를 했다.

"매, 매일 저렇게 하는 건가요?"

"응."

"효과는 있는 건가요?"

서문광이 침을 꿀꺽 삼키며 물었다.

근력을 단련하는 건 당연히 중요했지만 저게 큰 효과가 있나 싶어서였다.

"저렇게 해서 강해진 이가 있잖아."

"아."

이춘상이 눈짓으로 유하성을 가리켰다.

그런데 신기하게도 그 말에 서문광은 납득이 되었다.

설명이라고는 전혀 없었는데도 말이다.

"저 사람들도 닮고 싶은 거지."

"얼마나 강해요?"

"하성이? 엄청. 나보다 강하다는 건 알고 있었는데 지치지도 않더라고. 공력은 비슷하거나 내가 더 많은 것 같은데 말이지."

"예에?!"

서문광이 믿을 수 없다는 표정을 지었다.

물론 그간의 대화로 유하성의 실력이 이춘상보다는 더 높다는 걸 알고 있었다.

그런데 지금 하는 말을 들어 보니 격차가 생각보다 더 큰 듯했다.

"지금은 그렇다고. 근데 나중에는 어떻게 될지 모르니까. 승부는 둘 중 하나가 죽어야 나지 않겠어? 흐흐흐!"

"그건 그렇죠."

"그러니까 열심히 해. 난 서른이 되어서야 정신을 차렸지만 넌 열여덟에 차렸잖아. 무려 십 년이나 일찍 말이지."

"……할 수 있을까요?"

딱!

이춘상이 서문광의 등짝을 쳤다.

그러자 서문광이 퍼뜩 놀랐다.

갑작스러운 가격에 깜짝 놀란 것이었다.

"아까의 각오는 어디로 갔어? 안 될 거 같으면 포기하려고?"

"아뇨."

"후회는 모든 게 끝났을 때 해도 돼. 그러니까 지금은 우리 둘 다 최선을 다하자고. 이루고 싶은 목표가 있잖아? 그것만 보고 달리자."

"네!"

서문광이 힘차게 고개를 주억거렸다.

갈 길이 엄청나게 멀지만 그래도 해 볼 생각이었다.

포기하는 삶은, 체념하는 삶은 이제 싫었다.

"웬일이래? 좋은 말도 해 주고."

"난 너와는 다르게 마음이 따듯하거든."

"퍽이나."

서문광을 원호와 원상에게 맡긴 이춘상이 거들먹거리며 다가왔다.

그러나 그 모습에 유하성은 콧방귀를 뀌었다.

말도 안 되는 헛소리를 하자 어이가 없어서였다.

"얘가 날 닮고 싶어 하는 건 알지?"

"특이한 일이지."

"뭐래. 나 정도면 충분히 선망할 만하지."

"순수한 의도로 도와준 건 아니잖아."

"대의를 위해서였지. 근데 괜찮냐?"

이춘상이 은근한 어조로 물었다.

장난기를 싹 날리며 진지한 눈으로 유하성을 쳐다봤다.

"뭐가?"

"연구동. 취지는 좋지만 반발이 없지는 않을 텐데? 관습과 악습이 종이 한 장 차이라는 건 알고 있지? 배분으로는 네가 꿀릴 게 없지만 모든 이가 반기지는 않을 텐데."

"무당파에 세작도 심어 놨냐?"

"세작까지야. 그냥 척 보면 딱이지."

이춘상이 어깨를 으쓱거렸다.

굳이 세작을 심을 필요도 없었다.

그냥 보면 상황은 얼추 짐작이 됐다.

"아직까지는 별말이 없네."

"때를 기다리는 것일 수도 있지."

"그럴 수도 있고."

"넌 무공을 사람에 맞추는 게 맞다고 생각하는 거지?"

"응. 체질과 체형은 비슷하면서도 다 다르니까. 아무리 무공에 맞춰 제자를 들인다고 하지만 한계가 있을 수밖에 없지. 변수도 많고."

대부분의 무문들은 각자가 소유하고 있는 무공에 맞는 제자들을 받았다.

명문세가들의 경우 혈족 중심이기에 애초에 제자를 받아들이는 경우가 드물었고.

그런데 문제는 근골을 보고 제자로 들였음에도 기대했던 수준의 성취를 이루는 경우가 드물다는 것이었다.

물론 대방파의 경우 확률적으로 고수가 되는 이들의 비율이 높았으나 중요한 건 일정 수준에 도달하지 못한 이들이었다.

몇몇 이들은 도태되는 이들이 있을 수밖에 없다고 하지만 유하성의 생각은 달랐다.

제자는 키우다가 버리는 존재들이 아니었다.

그 누구도 가족이 못났다고 버리는 사람은 없었다.

"어려운 길을 선택했네."

"누군가는 해야 할 일이지. 사문을 위한 일이기도 하고."

"애정이 엄청나. 제자들을 대할 때는 딱히 애정이 보이지 않았는데."

"누구냐에 따라 다를 수밖에. 모두를 좋아할 수는 없는 법이니까."

"그건 성승 정도는 되어야 가능하지. 암."

쉽지 않은 길이었으나 이춘상은 친구를 응원했다.

나쁜 길도 아닌데 가지 말라고 막을 이유가 없었다.

그리고 생각 없는 친구도 아니었기에 이춘상은 그저 묵묵히 응원해 줄 생각이었다.

"여기 있었구나! 안 그래도 익숙한 냄새가 난다고 했지."

"헉!"

그때 낯선 목소리가 들려왔다.

칼칼한 음성이었는데 그걸 들은 이춘상의 몸이 벼락을 맞은 것처럼 부르르 떨렸다.

동시에 거대한 존재감이 다가왔다.

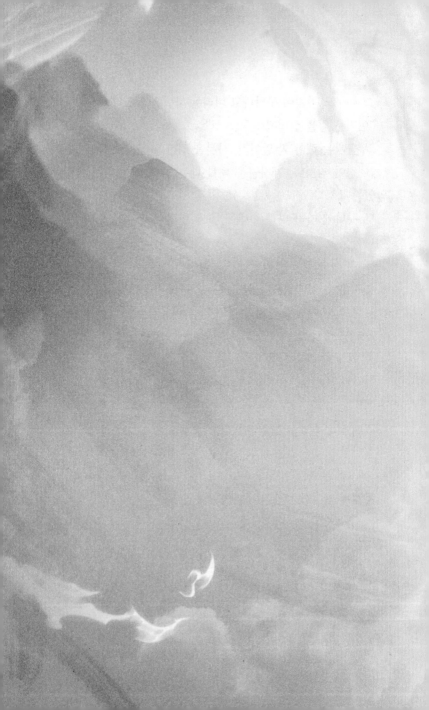

제24장 티가 날 수밖에 없지

"너로구나? 내 제자가 그렇게나 매달리는 아이가."

"처음 뵙겠습니다. 유하성이라고 합니다."

한 줄기 바람과 함께 회색빛 머리칼을 가진 노파가 유하성의 앞에 나타났다.

그야말로 귀신같은 등장이었다.

그래서인지 연무장에서 수련하던 이들이 하나같이 깜짝 놀랐다.

기척도 없이 나타나자 다들 당황한 것이었다.

"이름은 알고 있다. 얼굴도 알고 있지. 흘흘!"

봉두난발이 대부분인 다른 거지와 달리 여기저기 기운 옷을 입고 있음에도 노파는 전체적으로 깔끔했다.

옷만 아니라면 거지라는 느낌이 전혀 들지 않을 정도로 말이다.

하지만 그렇기에 모두가 알아볼 수 있었다.

"그렇습니까."

"놀라지 않는구나? 아, 춘상이에게 들었나?"

"예."

"쯧쯧! 사내자식이 입이 가벼워서는 안 된다고 내가 늘 강조했건만! 불알 한 짝을 확 떼어 버려야 정신을 차리려나?"

"헙!"

인자한 얼굴로 섬뜩한 말을 아무렇지 않게 하자 이춘상이 기겁하며 반사적으로 가랑이를 가렸다.

말뿐이라는 걸 알지만 그래도 그는 본능적으로 확인하고 싶었다.

두 개가 온전히 잘 있는지 말이다.

"에잉! 남자다운 배짱이 없어! 자고로 사내대장부라 하면 배짱이 두둑해야 하는데!"

"불알 앞에서는 그 누구도 배짱을 못 부려요!"

"넌 다르지 않느냐?"

"상대가 취선이라면 누구라도 겁을 먹지 않을까요."

기겁하며 소리치는 제자를 일별한 취선이 유하성을 돌아봤다.

그러나 그녀의 기대와 달리 유하성은 고개를 저었다.

다른 이라면 모르겠지만 취선의 말이라면 백이면 백 이춘 상과 같은 반응을 보일 터였다.

"사내자식들이 겁이 이렇게 많아서야. 자고로 천하를 호령하려면 불알에 칼이 날아와도 웃으며 달려들어야 하건만."

"왜 갑자기 찾아와서는 애를 갈구고 그래?"

"갈구기는. 강호의 선배로서 조언을 해 주고 있는 거지."

"조언은 개뿔."

숙소에서 명천이 휘적휘적 걸어 나왔다.

황만덕과 차 한잔을 하다가 취선의 기척을 느끼고는 나온 것이었다.

"근데 말코는 왜 여기 있어?"

"여기 무당산이야. 내가 못 갈 곳은 없어."

"근데 저 아이는 어디서 주워 온 게야?"

취선이 턱으로 유하성을 가리켰다.

티는 내지 않았지만 유하성을 보고 그녀는 정말 놀랐다.

구룡도 상당하다고 생각했는데 유하성은 그 수준을 뛰어넘었다.

"주워 오기는. 원래 있던 아이다."

"부럽네. 현 장문인도 대단한 무재인데 저런 아이도 있고. 심지어 더 어리기까지 하니. 무당파의 미래가 아주 밝구먼. 아주 창창해!"

"허허허."

부러움이 가득 담긴 취선의 말에 명천이 너털웃음을 흘렸다.

안 그래도 요즘에는 식사를 하지 않아도 배가 불렀다.

"저런 아이를 주워 왔어야 했는데."

"인연이 닿아야 가능한 법이지. 그리고 하성이는 거지 팔자가 아니다."

"도사 팔자도 아니지만. 그래도 다행이야. 두 마리의 호랑이가 있지 않아서."

"그건 우리의 문제고."

"흘흘흘!"

취선이 의미심장하게 웃었다.

짐짓 기대된다는 듯이 말이다.

그 모습에 명천이 코웃음을 쳤다.

무슨 생각을 하는지 알지만 그럴 일은 없었다.

"애들 수련하는 데 방해하지 말고 이리로 와. 차나 한잔해."

"싫은데? 난 젊은 애들이 좋아. 늙은이들끼리 모여서 뭐해? 차라리 술 마시면서 구경하는 게 낫지."

"참나."

허리에 있는 호리병을 들어 보이는 취선의 모습에 명천이 헛웃음을 흘렸다.

나이를 먹어도 여전한 것 같아서였다.

"왜? 너도 한 모금 주랴?"

"됐다. 난 술 안 마신다."

"흘흘흘."

취선이 의미심장하게 웃었다.

그러나 그 모습을 제자들은 못 본 척했다.

"구경하는 건 좋은데 방해는 하지 마."

"내가 뭘 했다고. 나 여기 와서 인사한 게 다야."

"네 존재 자체가 부담이라고는 생각하지 않아?"

"흐음. 그럴 수도 있겠네."

웬일로 취선이 고개를 주억거렸다.

뜻밖에도 순순히 인정했던 것이다.

"무율이도 봐야 할 거 아냐? 그래도 무당파에 왔는데. 딱 봐도 이곳으로 곧장 온 거 같은데."

"맞아. 엄청 궁금했거든. 게으른 제자를 정신 차리게 만들어 준 게 누구인지 말이야. 근데 바로 인정이 되네. 부럽기도 하고."

"허허허."

"하성이라고 했나?"

"예."

유하성이 담담히 대답했다.

강호에 명망 높은 고수이자 명천과 마찬가지로 당대의 천하십대고수 중 한 명이었으나 유하성은 딱히 새삼스럽게 대하지 않았다.

그저 명천을 대하듯이 차분하게 응대했다.

"내 비록 거지지만 빚은 지지 않아. 그러니 나중에 내 도움이 필요하면 찾아와. 딱 한 번 도와줄 터이니."

"어떤 것이든 상관없습니까?"

"욕심은. 정도껏 해, 정도껏."

"알겠습니다. 묵혀 두었다가 나중에 필요할 때 연락드리겠습니다."

"그래."

유하성도 크게 기대하지는 않았다는 듯이 곧바로 대답했다.

일단 그로서는 무조건 이득이어서였다.

나중 일은 어떻게 될지 모르는 것이었고.

"그만 가자고."

"술은 좀 있는가?"

"청정도문에서 술은 왜 찾아?"

"숨겨 놓은 술이 있을지도 모르니까? 담금주 같은 거 말이야."

존재 자체만으로도 다른 이들에게 방해가 될 수 있기에 명천이 취선을 이끌고 연무장을 벗어났다.

그런데 별호가 괜히 취선이 아닌지 멀어지는 내내 술을 찾았다.

마치 당연히 술이 있을 거라고 생각하는 것처럼 말이다.

"역시 대단하시네요. 사백조님께서 저렇게 어려워하는 건 처음 봅니다."

"친구 같은 느낌이지?"

"예. 그리고 부럽기도 합니다. 오랫동안 같이 강호에서 살아왔다는 뜻이니까요."

원상이 진심으로 부러운 눈빛으로 멀어지는 두 사람을 바라봤다.

강호에서 오래 살아왔다는 건 많은 의미를 품고 있었다.

그렇기에 유하성도 고개를 주억거렸다.

짝짝!

"자자, 수련 시작하자고!"

"네!"

반면에 취선이 사라지자 얼굴이 살아나는 이도 있었다.

바로 이춘상이었다.

그는 사부가 보이지 않자 손뼉을 치며 수련을 주도했다.

무당파에서 열리는 용봉회는 작년과 많은 부분에서 달랐다.

일단 도문에서 열려서인지 화려함과는 거리가 멀었다.

대신 무당산에서 열렸기에 운치가 있었다.

사람이 많은 건 여전했지만 말이다.

"오랜만에 무당파가 시끌벅적하겠어. 무인들이 이렇게 많이 모인 경우는 드물 테니."

"산이 정말 예쁜 것 같아요!"

"그렇지? 무당산은 무당산만의 매력이 있지. 화산은 좀 날카롭고, 숭산은 생각보다 작은 느낌이고."

아들의 머리를 쓰다듬으며 황만덕이 빙그레 웃었다.

무당산의 맑은 정기를 받아 그는 황주성이 착하고 깨끗하게 자랐으면 싶었다.

장사꾼은 이득을 남겨야 하기에 그만큼 나쁜 유혹도 많이 받았다.

눈 한번 감으면 큰 이득을 챙길 수 있을 때 그 유혹을 뿌리치는 게 정말 쉽지 않았다.

'아직은 먼 이야기이긴 하지만.'

한 번이 두 번이 되고, 작은 게 순식간에 큰 걸로 변했다.

그렇기에 황만덕은 자신이 잘해야 한다고 생각했다.

"다른 곳들도 가 보고 싶어요!"

"앞으로 차차 가 보자꾸나. 우리에게 시간은 많으니."

"네! 수련도 열심히 할게요! 제가 커서 누나랑 아빠를 지킬 거예요!"

"녀석. 수련은 어떠하냐? 할 만하더냐?"

"재미있어요. 힘들긴 한데 다 같이하니까 재미도 있고, 되게 친절하게 가르쳐 주세요."

황주성의 두 눈이 초롱초롱해졌다.

집에서 하는 수련은 사실 편하긴 했다.

그런데 너무 주시하는 시선이 많아 부담스러웠는데 이곳은 달랐다.

마치 놀이처럼 함께하니 시간 가는 줄 몰랐다.

"재미있다고?"

"네! 제가 힘들 때를 기가 막히게 알아차리시더라고요. 저는 아직 어리니까 절대 몸에 무리가 가면 안 된다고 하셨어요. 유 공자님이요. 지금 튼튼하게 잘 자라야 늙어서도 잔병치레 안 한다고요."

"그렇지."

황만덕이 고개를 주억거렸다.

가만히 들어 보면 정말 별거 아닌 당연한 말이었다.

그런데 중요한 건 그걸 알아보는 능력이었다.

지금 모셔 온 무사부도 상당한 실력자이지만 유하성과는 감히 비교할 수 없었다.

"특히 편식하지 말라고 하셨어요……."

"허허허."

황주성의 표정이 갑자기 시무룩해졌다.

맛있는 것만 먹어도 모자라다고 생각하는데 유하성은 그

부분에서는 단호했다.

모든 음식을 골고루 먹어야 잘 자라기에 편식은 절대 안 된다고 했다.

"잘 말씀하셨네. 너 편식하는 습관 고쳐야 해."

"히잉."

"그래도 벽곡단을 먹는 것보다는 낫잖아?"

"우욱."

황주연의 말에 황주성이 구토할 것처럼 입을 들썩였다.

맛이 궁금해서 한번 먹어봤는데 벽곡단은 사람이 먹을 만한 게 아니었다.

어른들의 맛이라고 하기에는 진짜 끔찍하게 맛이 없었다.

"긍정적으로 생각해."

"으응."

"연회장의 사람들도 잘 봐 두고. 앞으로 자주 마주칠 사람들이니까. 최대한 기억해 둔다고 생각해. 누구인지 알아보는 것도 중요하거든."

"알았어."

"일단 일차적인 목표는 달성했지만."

황주연이 엷게 웃으며 황만덕을 쳐다봤다.

아직 어린 남동생을 무당산에 데려온 목적은 분명했다.

게다가 원래 황만덕은 이번 용봉회에 참석할 계획이 없었다.

무당
패왕

그런데 무당산에서 개회된다는 소식에 황만덕은 일정을 곧바로 수정했다.

"인연은 맺는 것도 중요하지만 유지하는 것 또한 중요하단 다."

"네!"

따로 설명해 주지 않아도 찰떡같이 알아듣는 황주연의 모습에 황만덕은 흡족한 표정을 지으며 아들의 머리를 쓰다듬었다.

그러자 황주성은 두 눈을 반짝이며 주변을 빠르게 살폈다.

"안녕하십니까, 금와장주님. 황 소저도 오랜만입니다."

화기애애한 분위기 속에서 연회장을 둘러보는데 한 명의 청년이 다가왔다.

헌칠한 키와 새하얀 피부를 가진 미청년이었는데 황만덕, 황주연과 안면이 있는지 친근하게 인사했다.

"오랜만이라고 하기에는 며칠 전에도 뵀습니다만."

"하하. 그 며칠이 저에게는 유독 길게 느껴지더군요."

"아, 네."

웃으며 인사를 받아 준 황만덕과 달리 황주연은 쌀쌀맞게 응대했다.

대놓고 싫은 티를 냈던 것이다.

물론 처음부터 이러지는 않았다.

금와장주의 사람이고, 일을 돕고 있기에 처음에는 미청년을 친절하게 대해 주었지만 그의 속내를 보고는 학을 뗐다.

"무당산에서 보니 더욱 반가운 것 같습니다. 산의 정기 때문인지 오늘따라 더 아름다우시네요."

"감사합니다."

미청년의 칭찬에도 황주연의 표정은 변화가 없었다.

그런데 재미있는 건 미청년 역시 똑같다는 점이었다.

일부러 차갑게 대하는 걸 알면서도 미청년은 조금도 당황하거나 민망해하지 않았다.

"금와장에서 보고 여기서 또 보네? 잘 지냈니?"

"네에."

오히려 여유롭게 황주성과도 인사했다.

황주연의 태도는 전혀 신경 쓰지 않는다는 듯이 말이다.

그러면서 자연스럽게 비어 있는 자리 중 하나에 앉았다.

"여기 앉아도 되죠? 아직 친한 사람들이 오지 않아서요."

"이미 앉으셨잖아요."

"하하하. 감사합니다."

넉살 좋게 받아치는 미청년의 모습에 황주연이 속으로 혀를 찼다.

그러면서 자연스레 비교가 되었다.

묵묵히 노력해서 자신의 길을 가는 유하성과 말이다.

외모는 미청년이 압도적으로 훌륭했으나 이상하게도 황주연은 매력이 전혀 느껴지지 않았다.

'한심해.'

미청년의 목적은 뻔했다.

그렇기에 황주연은 미청년을 좋게 대할 수가 없었다.

물론 이렇게 하는 것도 노력의 일종이기는 하겠지만 그녀에게는 힘든 길을 피해 쉬운 길, 혹은 지름길을 가려고 꾀를 부리려는 것으로밖에는 보이지 않았다.

"누나. 유 공자님은 언제 오셔?"

"올지 안 올지 모르겠다. 이런 자리를 그리 좋아하시지 않아서."

황주성이 칭얼거렸다.

무인들도 많고 먹을 것도 많았지만 그래도 친한 사람들이 있는 게 더 좋아서였다.

짧은 시간이지만 정도 들었고 말이다.

"호오. 유 공자님이라 하면, 유하성 소협을 말씀하시는 겁니까?"

"예."

미청년이 자연스럽게 대화에 참여했다.

안 그래도 유하성에 대해 관심도 있었고 말이다.

검룡을 이긴 후개가 목을 매는 이가 유하성이었기에 그도 한 번은 만나고 싶었다.

유하성과 후개와 친분을 맺어 둬서 나쁠 건 없었다.

'도와 달라고 할 수도 있고 말이지.'

미청년이 혀로 입술을 핥았다.

명석한 머리가 빠르게 돌며 여러 가지 방법들이 떠올랐다.

사람을 상대하는 건 자신이 있었기에 미청년은 둘과 친해지는 것도 어렵지 않을 거라 생각했다.

무재는 떨어질지 모르나 친화력만큼은 자신 있었다.

"어? 오셨다!"

"그러네."

황주성이 자리에서 벌떡 일어났다.

멀리서 유하성이 이춘상, 원상, 원호, 그리고 서문광과 서문예지 남매와 함께 오는 게 보여서였다.

그리고 미청년의 두 눈이 화등잔만 하게 커졌다.

작년에도 봤지만 올해도 서문예지의 미모는 감탄을 자아낼 정도였다.

"크흠!"

눈을 떼지 못하는 미청년의 모습에 황만덕이 헛기침을 했다.

그제야 미청년이 표정을 가다듬었지만 이미 그의 모습은 모두가 본 뒤였다.

"안녕하십니까. 저는 산서 반가장의 반무량이라고 합니다."

"아, 네."

묘하게 찔리는 세 사람의 시선을 받으며 반무량이 자리에서 일어났다.

사람 좋은 미소를 머금고서 유하성 일행에게 다가갔던 것이다.

하지만 이춘상만 대답을 해 주었을 뿐 다른 이들은 그에게 큰 관심을 보이지 않았다.

용봉회를 찾은 수많은 후기지수 중 한 명 정도로만 응대했던 것이다.

스윽.

그리고 굴욕은 거기서 그치지 않았다.

옆에 놓여 있던 원탁에 유하성 일행이 착석하자 황만덕을 비롯해서 황주연과 황주성이 일어나 자리를 옮겼다.

그만 덩그러니 남겨 놓고 유하성 일행에게로 이동한 것이다.

"으음!"

웬만해서는 평정심을 잃지 않는 그였으나 지금은 어쩔 수가 없었다.

그가 반가장의 대공자라고 하나 저기 앉아 있는 이들 중에 그보다 모자란 이는 없었기에 반무량은 속으로 이를 악물어야 했다.

"어후. 이번에도 바글바글하네. 무당산 중턱에서 열리는 거라 작년보다는 인원이 적을 줄 알았는데."

"무당산을 보러 왔나. 사람 보러 오는 거지."

고개를 휘휘 젓는 이춘상의 말에 유하성이 피식 웃었다.

애초에 용봉회의 목적이 친목이니만큼 후기지수들이 모일 건 당연했다.

그로 인한 이득 역시 적지 않았고 말이다.

특히 균현의 상권이 크게 호황일 터였다.

"오셨군요."

"아, 네. 장문사형께서 첫날과 마지막 날은 그래도 참여해야 하지 않겠냐고 하셔서요."

자리를 옮긴 황만덕이 반가운 얼굴로 입을 열었다.

황주성은 벌써 유하성의 품에 안긴 상태였다.

아침 일찍 얼굴을 봤음에도 얼굴 가득 반가운 기색으로 달려드는 황주성의 모습에 유하성이 옅게 웃었다.

"사건 사고가 많지만 좋은 취지의 모임인 건 사실이니까요."

"맞습니다."

유하성의 시선이 함께 온 제자들에게로 향했다.

평소 연구동에서 수련만 하다가 후기지수들이 잔뜩 모여 있는 광경을 보니 다들 신기해하면서도 살짝 들떠 있었다.

특히 유명한 후기지수들의 등장에 다들 두 눈이 초롱초롱해졌다.

"그리고 이번에는 큰 사고가 날 것 같지도 않고요."

황만덕이 빙긋 웃으며 말했다.

일단 열린 장소가 무당파이기도 했지만 이 자리에는 유하성과 이춘상이 있었다.

그렇기에 웬만한 사달은 커지기 전에 진압될 게 분명했다.

"다행히 사부님은 안 계시네."

"아까 대화를 나눌 땐 온다고 하셨습니다."

"헉!"

빠르게 주위를 살피던 이춘상이 황만덕의 말에 헛바람을 들이켰다.

하지만 이내 체념한 표정을 지었다.

무당산에 도착한 이상 피하는 건 애초에 불가능했다.

그나마 명천이 잘 상대해 주고 있어서 다행이었다.

"일 년 만에 참 많이 달라진 것 같습니다. 허허허."

한숨을 푹푹 쉬는 이춘상을 일별한 황만덕이 연회장을 찬찬히 둘러보며 입을 열었다.

대부분의 후기지수들이 삼삼오오 모여서 대화를 나누고 있었는데 잘 보면 이쪽을 힐끔거리는 시선을 볼 수 있었다.

물론 전부 다 유하성과 이춘상에 향해 있지는 않았다.

몇몇은 서문예지가 앉아 있는 쪽을 훔쳐봤다.

"그러네요."

황만덕이 말한 의미를 단박에 파악한 유하성이 차를 들이켜며 고개를 주억거렸다.

안 그래도 그 역시 후기지수들의 시선을 느끼고 있었다.

작년에는 그가 누구인지 전혀 관심을 보이지 않던 이들이
말이다.

그리고 호기심과 호승심이 서린 시선은 그뿐만 아니라 이
춘상도 받고 있었다.

스윽.

한편 이춘상의 옆에 앉아 있던 서문광은 조용히 주변을 두
리번거렸다.

아무래도 마주칠 가능성이 컸기에 먼저 찾아보려는 것이
었다.

동시에 오지 않았을 가능성도 크다고 생각했다.

지난번 용봉회에서 망신을 당했으나 한 번은 거를 수도 있
으니까.

"음!"

그런데 그건 바람일 뿐인 듯했다.

멀리서 봐도 눈에 확 띄는 거구의 남자가 이쪽을 향해 성
큼성큼 다가왔다.

꾸욱.

그 모습에 깜짝 놀라자 옆에 앉아 있던 서문예지가 그의
손을 붙잡아 주었다.

작년의 일 이후 남동생이 어떤 일을 겪어 왔는지 알았기에
힘이 되어 주려는 것이었다.

그런데 놀라긴 했어도 의외로 서문광의 표정은 밝았다.

정신적으로 상처를 받은 건 사실이지만 지금은 어느 정도 극복이 된 상태였다.

"안녕하십니까."

"호오. 안 올 줄 알았는데, 왔네?"

홀로 이쪽으로 걸어온 황보태석이 고개를 꾸벅 숙였다.

그러나 그의 정중한 인사에도 이춘상을 비롯해서 모두의 시선은 곱지 않았다.

특히 서문예지의 눈빛이 강렬했다.

작년 용봉회 때 황보태석이 어떤 짓을 저지르려 했는지 알았기에 시선이 고울 수가 없었다.

"작년 일은, 죄송했습니다. 이 소협뿐만 아니라 두 사람에게도 사과를 드리러 왔습니다."

황보태석이 말을 이으며 다시 한번 고개를 숙였다.

하지만 어디에서도 진심은 느껴지지 않았다.

딱 봐도 누가 시켜서 억지로 온 듯한 모습이었기에 이춘상은 대놓고 콧방귀를 뀌었다.

"진심이 전혀 느껴지지 않는데?"

"죄송합니다."

"말만 하면 단가? 서문 공자가 그동안 당했을 정신적인 충격과 상처에 대해서는 어떻게 갚을 생각이지?"

"그건……."

폭풍처럼 쏟아지는 이춘상의 말에 황보태석의 얼굴에 난

감함이 떠올랐다.

어떻게든 관계 개선을 하고 오라는 말에 오기는 했지만 거기까지는 생각하지 않았다.

정확하게는 서둘러 사과를 하고 떠날 생각이었다.

우선은 사과를 했다는 게 중요했다.

적어도 그가 노력했다는 걸 보여 주는 것이었으니까.

그런데 이춘상은 마치 그의 꿍꿍이속을 알고 있는 것처럼 물고 늘어졌다.

"사람을 괴롭히고 사과하면 땡인가? 황보세가는 일 처리를 그렇게 하는 모양이야."

"말이, 심하십니다."

"그쪽이 서문 공자를 괴롭힌 건 좀 심한 장난이고? 당사자에게는 잊을 수 없는 상처인데?"

"당사자가 괜찮다고 하면 되는 것 아닙니까?"

쏘아 대는 말에 빈정이 상한 모양인지 황보태석이 얼굴을 굳혔다.

그러고는 부리부리한 눈으로 서문광을 쳐다봤다.

여기서 서문광이 괜찮다고 하면 상황은 종료되었기에 황보태석은 압박하듯 눈을 부라렸다.

그런데 예전과 달리 서문광은 그의 시선을 피하지 않았다.

"사과는 받겠습니다. 하지만 약속을 추가적으로 받고 싶습니다. 앞으로는 다른 누구에게도 저에게 했던 것과 같은 짓을 하지 않겠다고요."

"뭐라고?"

"제가 겪었던 걸 다른 사람이 겪지 않았으면 좋겠습니다."

"하!"

당돌할 정도로 자신을 마주 보며 말을 하는 서문광의 모습에 황보태석이 기가 차다는 표정을 지었다.

반면에 서문예지는 흐뭇한 미소를 머금었다.

내내 냉랭하게 무표정을 짓고 있던 그녀가 처음으로 따뜻한 미소를 지었던 것이다.

하지만 그 모습을 황보태석은 보지 못했다.

"콧방귀 뀌는 것 보소. 역시 억지로 사과하러 왔구만. 안 그래도 진심이 안 느껴진다 했어."

"그런 게 아니라, 당황해서 그런 겁니다."

황보태석이 황급히 표정을 가다듬었다.

그러나 모두의 눈빛은 이미 싸늘하게 변해 있었다.

사람이 쉽게 변하지 않음을 다시 한번 보고 느낄 수 있어서였다.

"못 하시겠습니까?"

"……하겠다. 다시는 너에게 했던 것처럼 누군가를 괴롭히지 않겠다."

"그리고 누나에게 더 이상 집적거리지 않았으면 좋겠습니다."

"그것까지 너에게 허락을 맡아야 하나?"

황보태석의 얼굴이 일그러졌다.

그러고는 마치 으르렁거리듯이 말했다.

오냐오냐해 주니까 정말 끝도 없이 기어오르고 있었다.

"남동생으로서 의견을 제시할 수는 있다고 생각합니다. 또한 누나도 황보 공자에게 딱히 마음이 없기도 하고요."

"이 문제는 나와 서문 소저의 일이다. 네가 간섭할 문제가 아니다."

"저도 동생이랑 같은 생각이에요."

"그렇다는데? 그러니 이제 그만 가 줬으면 좋겠는데. 너 때문에 좋았던 분위기가 험악해졌잖아. 할 말 다 했으면 이만 좀 비켜 주지?"

서문예지에 이어 이춘상이 입을 열었다.

시기적절하게 대화에 끼어들었던 것이다.

"으음!"

"손님이 오고 있기도 하고."

"……다음에 뵙지요. 그리고 소문은 그만하셨으면 좋겠습니다."

"무슨 말인지 모르겠네?"

이춘상이 어깨를 으쓱거렸다.

자신은 아무것도 모른다는 듯이 대답했던 것이다.

그 모습에 황보태석이 아랫입술을 깨물었다.

하지만 이 이상 그가 할 수 있는 건 없었다.

"그럼 믿고 가겠습니다."

"난 모르겠다니까."

여전히 시치미를 떼는 이춘상의 모습에 황보태석이 불만 가득한 표정으로 몸을 돌렸다.

그러고는 불편한 심기를 발소리로 드러내며 멀어졌다.

"후우!"

"잘했어."

"진즉에 이렇게 했어야 했는데, 너무 늦었어."

"안 늦었어. 오히려 멋있던걸."

서문예지가 깊은 한숨을 쉬는 서문광의 손등을 쓰다듬었다.

빈말이 아니라 진심으로 든든했었다.

그리고 그녀만 그렇게 생각한 게 아니라는 듯이 뒤에 시립해 있던 서문세가의 무인들도 흐뭇한 표정을 짓고 있었다.

"이제야 좀 사내다워졌어."

"하하."

"하지만 아직 갈 길이 먼 거 알지?"

"네."

이춘상의 말에 서문광이 다부진 표정을 지었다.

큰소리를 치긴 했으나 힘이 없는 큰소리는 허세에 불과했다.

게다가 이번 일을 가슴에 담아 둘 게 뻔하기에 스스로의 힘은 물론이고 가문의 힘도 키워야 했다.

그래야 앞으로도 큰소리를 칠 수 있었다.

"넌 잘할 수 있을 거야. 안 그래?"

"마음먹기에 따라 삶은 얼마든지 바뀔 수 있으니까."

"감사합니다."

이춘상에 이어 유하성도 응원해 주자 서문광의 눈가가 촉촉해졌다.

하지만 절대 눈물을 보이지는 않았다.

사내대장부는 함부로 울지 않는 법이었다.

대신 가슴이 울렁거렸다.

"안 나올 줄 알았는데? 나왔네?"

"남궁가주님."

황보태석이 떠나고 얼마 안 가 일단의 무리가 다가왔다.

바로 남궁세가의 주인인 남궁수가 자식들을 이끌고서 찾아온 것이었다.

그러자 유하성을 위시로 앉아 있는 이들이 전부 다 일어났다.

"오랜만에 뵙습니다, 금와장주님."

"예. 잘 지내셨는지요?"

"저야 늘 한결같지요. 하하."

자리에서 일어서는 황만덕을 향해 남궁수가 웃으며 인사

武當霸王
무당
패왕

했다.

마치 이 자리에 있을 줄 알고 있었다는 듯이 자연스러운 인사에 황만덕도 마주 웃었다.

"잘되는 것도 좋지만 요즘 들어서는 그냥 평탄한 게 제일 좋은 것 같습니다."

"맞습니다. 사건 사고 없이 조용한 게 제일입니다."

황만덕을 시작으로 남궁수는 다른 사람들과도 차례대로 인사했다.

그리고 그 모습에 주변의 후기지수들이 하나같이 놀란 표정을 지었다.

금와장주야 친분이 있다는 게 널리 알려져 있었지만 남궁수는 정말 예상 밖의 등장이어서였다.

하지만 가장 놀란 건 이춘상을 비롯해서 원상과 원호, 서문광, 서문예지, 황주연이었다.

"너무 티 내시는 거 아닙니까?"

"내가 오지 않으면 자네가 오겠나?"

남궁수가 피식 웃었다.

그가 괜히 찾아온 게 아니었다.

유하성의 성격을 잘 알았기에 먼저 찾아온 것이었다.

"인사는 드리러 갈 생각이었습니다."

"근데 어제는 오지 않았지."

"막 도착하지 않았습니까. 여독을 풀 시간을 드려야 한다고 생각했습니다."

"말은 청산유수야."

입술에 침도 바르지 않고 거짓말을 하는 유하성의 모습에 남궁수가 실소를 흘렸다.

누가 봐도 변명이었기 때문이다.

한데 그런 두 사람의 모습에 이춘상을 비롯해서 일행이 얼떨떨한 표정을 지었다.

유하성이나 남궁수나 둘 다 상당히 격의 없이 대해서였다.

"나름 배려해 드린 겁니다만."

"마차를 타고 왔는데 힘들 게 뭐가 있나. 변명은 그만하게. 그나저나 작년과는 확연히 다르구먼."

자연스럽게 빈자리에 앉으며 남궁수가 주변을 둘러봤다.

원탁의 일행과 마찬가지로 연회장에 있는 후기지수들의 표정은 대동소이했다.

다들 하나같이 놀란 표정으로 이쪽을 주시하고 있었다.

"저도 느끼고 있습니다."

"작년에는 자네에 대해서 아는 이들이 단 하나도 없었는데 지금은 완전 다르구먼. 무당산에 복귀하자마자 사고를 쳤다며?"

"그 소식이 남궁세가까지 전해진 겁니까?"

유하성이 헛웃음을 흘렸다.

어떻게 보면 치부나 마찬가지인데 그걸 알고 있어서였

다.

"그게 뭐 대단한 일이라고. 같은 배분끼리 다툴 수도 있는 일이지. 그리고 사내대장부가 자신의 뜻대로 하는 건 당연하고. 그로 인한 충돌이 일어나면 책임만 지면 되는 것 아닌가."

"맞는 말씀이긴 합니다만."

"물론 난 자네가 그리할 줄 알고 있었네. 자네 성격이 어디 쉽게 숙이는 성격이던가?"

"나름 합리적인 성격이라고 생각합니다만."

"정말?"

남궁수가 반문했다.

정말 그렇게 생각하느냐고 묻는 눈빛에 유하성은 망설이지 않고 고개를 끄덕였다.

"예."

"허어. 내가 보는 것과 자네가 보는 게 다른 모양일세."

"그럴 수도 있지요."

스스럼없이 대화하는 두 사람의 모습에 하나둘 정신을 차렸다.

특히 이춘상은 눈빛으로 유하성에게 물었다.

이게 어떻게 된 상황이냐고 말이다.

물론 어떻게 알게 되었는지 짐작이 안 가는 건 아니었지만 이 정도로 친근할 줄은 몰랐다.

"다들 궁금한 모양이야."

"그런 것 같습니다."

"어쩌다 보니 알게 되었네. 참, 당돌한 녀석이더라고."

"당돌까지는 아닌 것 같습니다만. 그때의 상황을 떠올려 보면."

"뭐, 사소한 건 넘어가자고. 허허허!"

남궁수가 능글맞게 웃었다.

자신이 불리한 내용은 구렁이 담 넘어가듯 넘겨 버렸다.

그 모습에 유하성이 실소를 흘렸다.

남궁수에게는 사소할지 모르나 그는 아니어서였다.

"오랜만입니다."

"안녕하세요."

대화가 어느 정도 끝난 듯하자 순서를 기다리고 있던 남궁 준과 남궁희수가 인사해 왔다.

그런데 남궁희수의 표정이 묘했다.

마지막으로 봤을 때와는 사뭇 달랐던 것이다.

"아, 예."

"저번에는 죄송했어요. 제가 너무 말을 심하게 했었죠?"

"아닙니다. 그날 이후 잊기도 했고요."

남궁희수가 조심스럽게 사과해 왔다.

벌써 작년에 있었던 일을 꺼내면서 말이다.

그래서 유하성은 의아한 표정을 지었다.

남궁희수 입장에서는 오빠 편을 드는 게 당연했다.

"따로 설명 안 하는데도 바로 이해하신 거 보면 아직 기억에 남아 있는 것 같은데요?"

"막 떠올랐습니다. 남궁 소저께서 꺼내서요."

"잘 지내셨어요?"

"예."

정중하지만 그렇기에 딱 선을 긋는 대답에 남궁희수가 오묘한 표정을 지었다.

무림삼화라 불린 이후에 이런 대접을 받는 건 처음이어서였다.

그러면서 한편으로는 서문예지가 같이 있어서 이러나 싶기도 했다.

"후후후!"

한편 그런 딸의 모습에 남궁수는 재미있다는 표정을 지었다.

본인은 모르겠지만 남궁희수의 생각이 얼굴에 고스란히 떠오르고 있었다.

"뭐가 그리 재미있으십니까?"

"그냥 이런저런 게. 그보다 자네를 바라보는 여인들의 눈빛들이 심상치 않은데? 자네도 알고 있지?"

"궁금증 때문이지 않겠습니까."

"무인으로서의 궁금증도 있겠지만 남자로서도 많이 궁금

해하는 거 같은데?"

남궁수가 의미심장하게 웃었다.

여인도 만나 볼 만큼 만나 보고 자식까지 낳은 이가 그였다.

그렇기에 여인들의 눈빛만 봐도 그는 얼추 무슨 생각을 하는지 보였다.

"그런 점에서 참 다행이라고 생각하고 있습니다. 이 자리에 무림삼화 중 무려 두 분이 계시니까요."

"크하하하! 그것도 그렇군. 백화와 소화가 있는데 어느 누가 섣불리 다가올까."

"저도 감사하게 생각하고 있어요. 유 공자님과 이 소협께서 계셔 주셔서요."

너털웃음을 터트리는 남궁수와 마찬가지로 서문예지도 옅은 미소를 지었다.

이 자리에 있는 것만으로도 날파리들의 숫자가 구 할 이상 줄어서였다.

아마 유하성과 이춘상, 그리고 남궁수가 아니었다면 진즉에 수많은 후기지수들로 둘러싸였을 터였다.

"서로에게 도움이 되니 다행이네요."

"조금이라도 도움이 되어서 다행이라고 생각해요."

"별말씀을."

"흠흠! 우리 희수하고도 좀 대화를 나누지 그러나?"

묘하게 훈훈한 유하성과 서문예지의 대화에 남궁수가 헛기침을 했다.

역시나 예상했던 대로 재미있는 자리이기는 했으나 그렇다고 서문예지가 유하성과 친해지는 걸 바라지는 않았다.

남궁희수 역시 유하성을 아예 싫어하는 것 같지는 않았고 말이다.

"그런 이유였습니까?"

"응? 무슨 말인가?"

"아닙니다."

"그보다 자네는 이상형이 어떻게 되나? 좋아하는 취향이 있을 것 아닌가."

남궁수가 자연스럽게 화제를 돌렸다.

연륜을 무시할 수 없다는 말처럼 단숨에 말을 돌렸던 것이다.

"그건 갑자기 왜 물어보시는 겁니까?"

"개인적인 궁금증이라고나 할까? 자네 나이도 적은 나이는 아니지 않나. 일찍 결혼했으면 저 아이만 한 자식이 있었을걸?"

"요즘 들어 제 혼사를 걱정해 주시는 분들이 많네요."

"올해 서른하나 아닌가? 그럼 마흔까지 금방이야."

남궁수가 진심을 담아 말했다.

경험한 것이기에 이렇게 확신하듯 말할 수 있었다.

"아직은 생각이 없습니다."

"그럼 앞으로 얼마든지 달라질 수도 있겠군. 그래서 어떤 취향이라고?"

"끈질기시네요."

"혼기가 찬 딸이 있으니 당연히 관심이 갈 수밖에 없지 않겠나?"

"장남이 먼저 가야 하지 않겠습니까?"

유하성의 고개가 움직였다.

지난번의 패배를 설욕하고자 함인지 어느새 이춘상은 남궁준과 마주 보고 있었다.

그러나 굳이 결과를 보지 않아도 유하성은 승패가 짐작이 갔다.

"아들은 내가 걱정이 안 돼. 혼담이야 워낙에 많이 들어오니까."

"따님도 마찬가지 아닙니까?"

"성에 차는 상대가 없어."

"기준이 너무 높으신 거 아닙니까?"

유하성이 피식 웃었다.

남궁세가가 대단하다고 하나 그에 못지않은 가문이 없는 건 절대 아니었다.

성세의 차이는 조금 있을지라도 대단한 무가는 제법 있었다.

武當霸王
무당
패왕

당장 오대세가만 해도 남궁세가와 비교해 크게 떨어지지 않았다.

"자네를 보니 자연스레 높아지더군."

"나이 차이를 생각하시죠."

"열두 살 정도면 많은 게 아니지. 그렇다고 자네가 지저분한 풍문이 있는 것도 아니고. 오히려 속세를 떠나 수련만 하지 않았나."

남궁수가 은근한 어조로 말했다.

그런데 너무 적나라한 발언이라서 그런지 듣고 있던 남궁희수가 고개를 푹 숙였다.

누가 봐도 남궁수가 자신과 엮어 주려는 게 보여서였다.

그래서인지 남궁희수는 얼굴이 벌게져서 고개를 들 수가 없었다.

"못 들은 걸로 하겠습니다."

"사람 참. 그렇게 단호할 필요가 있나."

남궁수의 말을 대충 흘려들으며 유하성은 고개를 돌렸다.

이춘상과 남궁준이 물꼬를 터서 그런지 곳곳에서 비무가 벌어졌는데 그중 유하성은 독룡 당사군의 대결을 유심히 봤다.

일 년 동안 무림을 종횡했지만 독공의 고수는 본 적이 없기에 유하성은 눈을 빛내며 당사군이 펼치는 무공을 주시했다.

"당가의 아이로군. 아, 독공은 견식해 보지 못한 모양이군."

"예."

"독공의 고수가 드물긴 하지. 조잡하게 익힌 이들은 많지만 제대로 용독술을 펼칠 줄 아는 이는 거의 없지. 사천당가를 제외하면."

유하성이 고개를 주억거렸다.

지난 일 년 동안 강호를 돌아다니면 많은 무인들을 봤지만 남궁수의 말대로 독공을 제대로 익힌 무인은 없었다.

그렇기에 당사군의 비무는 유하성에게 있어 꽤나 소중했다.

간접적으로나마 상대할 수 있어서였다.

"근데 자네가 어울릴 판은 아니지 않나? 애들 노는데 어른이 끼면 쓰나."

"저도 아직 후기지수입니다만."

"자네는 후기지수라고 하면 좀 그렇지."

남궁수가 고개를 저었다.

아니라고 하기에는 나이가 젊었지만 그렇다고 후기지수라고 할 수도 없어서였다.

그러기에는 실력 차이가 너무 극심했다.

그의 아들도 뛰어나기는 했지만 유하성과는 감히 비교할 수 없었다.

'지금은 힘들겠지만 나중에는 오히려 다행이라 생각할 거다.'

용봉회 이후 남궁준이 상당히 힘들어한 걸 그는 알고 있었다.

마른하늘에 날벼락처럼 유하성과 이춘상이 나타났으니 남궁준으로서는 세상이 무너지는 느낌이었을 터였다.

그러나 달리 생각하면 경쟁자가 있기에 나태해지지 않을 수 있었다.

이춘상이 괜히 옥만개라 불린 게 아니었다.

'내 나이가 되면 오히려 두 사람의 존재가 고마울 것이다.'

고수는 외로운 법이었다.

무공은 혼자 익히는 것이기에 더더욱 그랬다.

그리고 경지가 높아질수록 외로움은 더해 갔다.

때문에 경쟁자가 있다는 건, 따라잡고 싶은 목표가 있다는 건 무인에게 있어 축복이었다.

'지금은 격차가 좀 많이 나지만, 아직 결정된 건 아니니까.'

무도는 죽을 때까지 걷는 길이었다.

그렇기에 지금 뒤처져 있다고 기죽을 필요 없었다.

앞서 있다고 들떠서도 안 되었고.

격차는 언제든지 좁혀질 수 있었고, 뒤에 있던 이가 어느 순간 추월할 수도 있었다.

"흐음."

그렇기에 인자한 눈으로 아들을 보며 응원을 하는데 옆에서 불편한 기색이 서린 침음 소리가 들려왔다.

바로 유하성에게서 흘러나온 소리였다.

그 소리에 남궁수가 슬쩍 유하성의 시선이 향한 곳으로 고개를 돌렸다.

"무룡과 비룡이로군."

두 청년이 펼치는 비무를 보며 남궁수가 고개를 주억거렸다.

어째서 유하성이 불편한 기색인지 알 수 있어서였다.

각각 소림사와 무당파를 대표하는 후기지수가 무룡과 비룡이었다.

그런데 무당파를 대표하는 비룡이 무룡에게 속절없이 밀리고 있었다.

따다다당!

구룡의 한 사람으로 꼽힐 만큼 비룡의 실력은 뛰어났다.

다만 문제는 무룡의 실력이 남궁준과 비교해도 크게 떨어지지 않는다는 점이었다.

그래서인지 비룡이 악착같이 검을 휘둘렀음에도 형세는 좀처럼 바뀔 기미를 보이지 않았다.

"져, 졌습니다."

"아미타불. 고생하셨습니다."

"······고생하셨습니다."

기를 쓰며 모든 것을 쏟아부었지만 결과는 모두의 예상대로 비룡의 패배였다.

그것도 완벽한 패배였기에 원일의 표정은 어두웠다.

지난 일 년 동안 무룡을 뛰어넘기 위해 노력했지만 강해진 건 무룡도 마찬가지였다.

그렇기에 원일은 쓴웃음을 지으며 몸을 돌렸다.

스윽.

한데 제자리로 돌아가는 원일과 달리 무룡은 이동하지 않았다.

대신 누구도 예상치 못한 곳을 쳐다봤다.

바로 유하성이 앉아 있는 자리였다.

"유 공자님께 한 수 가르침을 받고 싶습니다."

차분하지만 힘 있는 목소리가 일순 연무장을 갈랐다.

그러자 모두의 시선이 유하성에게로 집중되었다.

비무를 하던 후기지수들까지 말이다.

"좋습니다."

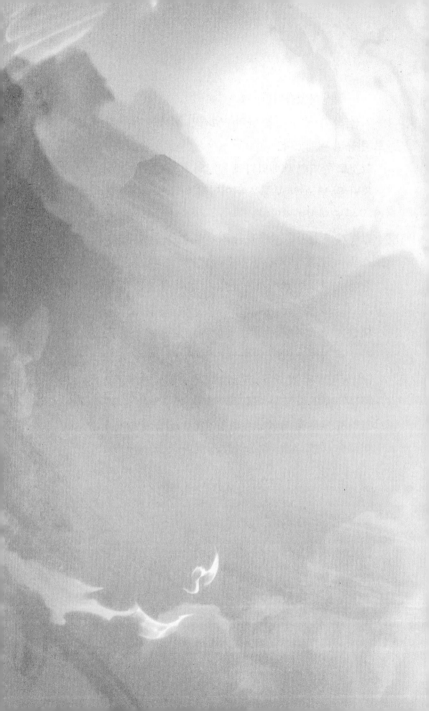

제25장 무당의 자존심

갑작스러운 무룡의 도전에도 유하성은 당황하지 않았다.

대신 어깨가 축 늘어져 있는 원일의 뒷모습을 쳐다봤다.

무당파의 이름을 자기 혼자 다 짊어지고 있는 듯한 모습에 유하성은 자리에서 일어나며 대답했다.

"감사합니다."

"근데 좀 쉬셔야 할 것 같습니다만."

"괜찮습니다. 회복은 어느 정도 되었습니다."

웅성거리는 주변 사람들과 달리 무룡 범구는 담담히 대답했다.

어떤 부분을 걱정하는지 알았으나 체력과 공력 소모는 그리 크지 않았다.

최상의 상태는 아니지만 그렇다고 비무를 하지 못할 정도
는 아니었다.

또한 그는 이 기회를 놓치고 싶지 않았다.

"알겠습니다."

그 의지가 범구의 눈빛에서 드러났기에 유하성도 더 묻지
않았다.

완전한 상태라고 해도 결과는 달라지지 않을 거라고 생각
하기도 했고.

"진짜 비무를 한다고?"

"되게 비싼 척하지 않았어?"

"그러니까. 상대가 무룡이라서 그런 건가."

"그럼 다른 구룡들하고도 붙는 건가?"

비무를 하던 후기지수들이 일제히 대결을 중지했다.

말만 무성했던 유하성의 실력을 직접 보기 위해서였다.

그리고 그중에는 이해할 수 없다는 표정의 이춘상도 있었
다.

저벅저벅.

웅성거리는 후기지수들의 대화를 들으며 유하성이 느긋하
게 걸음을 옮겼다.

마치 범구가 조금이라도 체력과 진기를 회복할 시간을 주
겠다는 듯이 말이다.

"저는 준비되었습니다."

"그럼 시작하죠."

"예."

범구가 자세를 잡았다.

사뭇 긴장한 얼굴로 언제라도 무공을 펼칠 수 있도록 준비를 했던 것이다.

그런데 유하성의 시선은 그에게 향해 있지 않았다.

그의 어깨 너머를 바라보고 있었다.

'나 정도는 안중에도 없다는 건가.'

조금의 긴장감도 없어 보이는 유하성의 표정에 범구가 입술을 꿈틀거렸다.

대충 쳐다보는 시선에 자존심이 상한 것이었다.

그래서 그는 진기를 최대한 끌어올렸다.

자신이 무시당할 무인이 아님을 증명할 생각이었다.

움찔!

그런데 이상하게 몸이 움직이지 않았다.

분명 공력은 뜻대로 운용되는데 육신이 굳어진 것처럼 꼼짝도 하지 않았다.

"뭐지?"

"왜 저러는 거지?"

꿈틀거리기만 할 뿐 한 발도 떼지 못하는 범구의 모습에 조용히 지켜보던 후기지수들이 수군거렸다.

당장이라도 달려들 것 같은 기세를 풍겼는데 움직이질 않아서였다.

'이, 이게 어떻게 된 거지?!'

하지만 가장 당혹스러운 건 범구였다.

승려의 신분이기 하나 그 역시 아직은 피 끓는 청춘이었다.

그렇기에 혈기와 호승심을 통제하는 게 쉽지 않았다.

개인적으로 대단하다는 유하성의 무위가 궁금하기도 했고.

솔직히 소문은 무성했지만 그건 전부 다 이춘상의 말에서 비롯된 것이었다.

누구도 유하성의 무공을 직접 본 적이 없기에 범구는 이참에 호기를 부렸다.

'근데 왜 안 움직이는 거냐고!'

답답한 마음에 범구가 속으로 소리를 질렀다.

그러나 그의 내적 외침에도 불구하고 육신은 아무런 반응을 보이지 않았다.

여전히 꿈틀거리기만 했다.

부들부들!

그래도 그의 의지가 조금은 전해진 것인지 팔다리가 조금 더 크게 흔들렸다.

하지만 딱 거기까지였다.

한 발을 떼기가 어려웠다.

'그렇다면!'

좀처럼 움직일 기미를 보이지 않는 육신에 범구의 눈빛이 달라졌다.

이유를 알 수는 없지만 몸이 움직이지 않는다면 움직이도록 만들면 될 일이었다.

파앙!

더욱이 이대로 시간이 흐르면 흐를수록 굴욕 역시 커졌기에 범구는 용천혈로 진기를 보냈다.

그러자 폭발음과 함께 범구의 신형이 앞으로 쏘아졌다.

공력을 폭발시켜 그 반동으로 움직인 것이었다.

휘이익!

시작이 반이라는 말처럼 강제로라도 움직이자 굳어 있던 몸이 풀렸다.

이제야 그의 뜻대로 육신이 움직이자 범구는 날아가는 자세에서 그대로 일권을 내질렀다.

소림사를 대표하는 후기지수로서 꽤 많은 무공을 익혔지만 그중 가장 성취가 높은 무공은 금강복마권(金剛伏魔圈)이었다.

개인적으로 가장 잘 맞는 무공이라 생각하기도 했고.

웅웅웅!

어렵게 움직인 만큼 범구는 이번 일격에 모든 걸 걸었다.

굴욕적인 모습을 보였던 만큼 이번 공격으로 앞전의 모습을 지워 버릴 생각이었다.

그리고 자신도 있었다.

유하성이 대단하다고 하나 그 역시 중원에서 손꼽히는 후기지수였다.

'어디 얼마나 대단한지 봅시다!'

찬란한 금광을 머금은 정권이 유하성의 안면을 향해 정확히 뻗어 갔다.

그런데 그걸 보고도 유하성은 반응이 없었다.

면전에 도달할 때까지 손가락 하나 움직이지 않았던 것이다.

그 모습에 범구는 살짝 어리둥절했으나 힘을 빼지는 않았다.

'뭐야? 왜 안 막는…….'

뻐억!

범구의 생각은 더 이상 이어지지 못했다.

무언가가 번뜩였다고 느낀 순간 정신을 잃은 것이었다.

쿠당탕탕!

기절한 범구가 볼썽사납게 바닥을 나뒹굴었다.

이마에 작은 혹이 생긴 채로 말이다.

그런데 그 광경에 지켜보던 모든 이들이 어안이 벙벙한 표정을 지었다.

마치 범구가 일부러 유하성의 정권을 향해 달려든 것처럼 보여서였다.

"흘흘흘! 아는 만큼 보이는 법이지."

"맞습니다. 오랜만에 뵙는군요, 개방주님."

"남궁가주가 왜 왔나 싶었더니, 역시 저 녀석 때문이었구먼."

"하하하."

고요해진 연회장 사이로 칼칼한 웃음소리가 울려 퍼졌다.

다른 이들과 달리 커다란 나무 위에서 술을 마시며 구경하던 취선이 입을 연 것이었다.

그러자 후기지수들이 다시 한번 웅성거렸다.

취선의 등장도 놀랍지만 그녀가 한 말 때문이었다.

"구룡과 저 정도로 차이가 난다고?"

"무룡이 일초지적밖에 안 된다는 건가?"

"이게 말이 돼?"

"혹시 무룡이 방심한 건……."

보고도 믿기 힘든 광경에 후기지수들이 뒤늦게 정신을 차리고서 속닥거렸다.

하지만 누구 하나 확실하게 말할 수가 없었다.

두 눈 훤히 뜨고 봤음에도 누구도 이해하지 못했다.

"의뭉스럽게 웃기는. 그나저나 의외네. 아이들이 노는 곳에 안 낄 줄 알았는데 말이지."

"원래는 그럴 생각이었습니다. 근데 생각이 좀 바뀌었습니다.”

단 한 수로 범구를 제압한 유하성이 취선의 말에 대답하며 고개를 돌렸다.

범구와 비무를 시작할 때 응시하던 바로 그곳이었다.

“빈승에게 할 말이 있으신지요?”

바로 소림사의 무승들이 모여 있는 곳이었는데 유하성은 그중에서도 한 사람만을 뚫어져라 쳐다봤다.

다섯 명의 무승들 중에서 가장 강한 노승을 말이다.

“예. 저 역시 한 수 가르침을 받고 싶습니다.”

“으음.”

유하성의 시선을 받은 오십 대 초반의 노승이 침음을 흘렸다.

상황이 아주 애매해서였다.

본래라면 비무를 청한다고 해도 거절하는 데 아무런 문제가 없었다.

그러나 지금은 범구가 엮여 있었기에 섣불리 거절할 수가 없었다.

“예전부터 소림의 무공에 관심도 많았습니다.”

“알겠습니다.”

무당파의 비룡을 제압하고 유하성에게 비무를 청한 게 범구였다.

그렇기에 지금 거절하는 건 도의에 맞지 않았다.

더욱이 이곳은 무당파였기에 그로서는 당연히 존중을 표해야 했다.

"흔쾌히 받아 주셔서 감사합니다."

"아닙니다. 저야말로 영광입니다."

앞으로 걸어 나온 노승, 소림사의 장로 중 한 명인 계현이 옅게 웃으며 합장했다.

갑작스러운 자리였으나 상대가 유하성이라면 나쁘지 않았다.

요즘 들어 가장 화제가 되는 인물이기도 했을뿐더러 검제와 취선이 인정한 무인이었다.

그렇기에 그에게도 좋은 경험이 될 터였다.

'보는 것보다는 직접 겨루는 것만큼 확실하게 알 수 있는 방법도 없고.'

작년에 혜성처럼 나타나 백도무림계를 시끌벅적하게 만든 인물이 유하성이었다.

그러나 의외로 그에 대해 알려진 건 없었다.

그나마도 이춘상이 말한 게 다였고 말이다.

때문에 계현을 비롯해서 소림사도 유하성에 대해 궁금해하고 있었다.

"그럼 시작할까요."

"예."

적당한 거리를 두고서 선 계현이 심호흡을 했다.

그러고는 깊은 눈으로 유하성을 응시했다.

사실인 범구는 알지 못했으나 그는 알았다.

어째서 범구가 초반에 꼼짝도 하지 못했는지 말이다.

'기도로 눌러 버린 거지.'

육신은 생각하는 것보다 솔직했다.

아니, 정확하게는 본능이 알아차렸다는 말이 맞을 것이다.

또한 기도를 다루는 유하성의 실력 역시 뛰어나기도 했고.

당장 지금만 하더라도 유하성이 뿌리는 존재감에 몸이 절로 반응하고 있었다.

'쉽지 않겠군.'

강할 거라고 예상하기는 했다.

평범한 실력이었다면 아무리 기도로 압박했다지만 범구가 단 일격에 쓰러졌을 리가 없으니까.

그런데 마주하고 보니 유하성의 기도는 예상했던 것 이상이었다.

'하지만 결과는 붙어 봐야 아는 법.'

계현의 두 눈이 번뜩이며 우권을 내질렀다.

아직 거리가 상당함에도 유하성을 향해 정권을 뻗었던 것이다.

그리고 그 순간 유하성이 고개를 틀었다.

퍼엉!

고개를 비튼 순간 허공에서 폭음이 들려왔다.

바로 소림사의 칠십이종절예 중 하나인 백보신권(百步神拳)을 펼친 것이었다.

　백 보 밖의 바위도 쪼개 버릴 정도로 강력한 위력을 지닌 무공답게 폭음도 범상치 않았다.

　하지만 위력보다 더 무서운 건 육안으로는 보이지 않는다는 점이었다.

　퍼퍼퍼펑!

　그 이점을 계현은 십분 활용했다.

　두 주먹을 연달아 내질렀던 것이다.

　그런데 놀랍게도 보이지 않는 권격을 유하성은 완벽하게 피해 냈다.

　겉으로 보기에는 느리기 짝이 없는 움직임으로 말이다.

　"흐읍!"

　그 모습에 계현이 입술을 앙다물며 더욱 빠르게 백보신권을 펼쳤다.

　제아무리 유하성이라도 언제까지 피할 수 있을 거라고는 생각하지 않아서였다.

　하지만 아무리 연거푸 권격을 뿌려도 유하성의 표정은 변화가 없었다.

　처음과 마찬가지로 평온한 얼굴로 천천히 그에게 다가왔다.

　슈우욱!

교묘하게 백보신권을 피해 내는 유하성이 일정 간격 안으로 들어오자 계현도 움직였다.

철탑처럼 서서 정권만 내지르던 그가 갑자기 움직였던 것이다.

동시에 그의 양손이 활짝 펼쳐지며 춤을 추듯 크게 휘저었다.

그러자 계현을 중심으로 막대한 경력이 휘몰아쳤다.

"우와!"

"역시 소림!"

눈에 보이지는 않으나 지켜보던 후기지수들은 느낄 수 있었다.

어마어마한 경력이 계현을 중심으로 휘몰아치고 있음을 말이다.

태산조차 밀어 버릴 것 같은 경력의 폭풍이 일순 유하성에게 집중되었다.

더불어 묵직한 소성과 함께 강맹한 기운이 유하성의 전신에 쏟아졌다.

우우우웅!

이번에는 아예 피할 공간을 주지 않겠다는 듯이 전신을 짓누르는 압박감에 유하성의 무복이 휘날렸다.

극성으로 펼친 관음청강수(觀音靑剛手)가 사방을 휩쓰는 것이었다.

무당
폐왕

하지만 유하성의 표정에는 변화가 없었다.

그저 범구를 쓰러뜨렸을 때와 마찬가지로 느릿하게 태극권을 펼쳤다.

꽈아아앙!

그런데 딱히 힘이 서린 것 같지 않은 권격과 부딪쳤는데 어마어마한 굉음이 터졌다.

무시무시한 기세를 풍기는 계현의 관음청강수와 비교하면 상대적으로 많이 부족해 보였는데 실상은 달랐다.

충돌과 함께 계현의 오른팔이 크게 흔들렸다.

이번 충돌로 받은 충격이 상당하다는 걸 몸으로 보여 주었던 것이다.

그러나 유하성은 달랐다.

가공할 경력과 부딪쳤음에도 평온한 표정이었다.

꽈앙!

그 표정으로 유하성은 재차 좌권을 내질렀다.

조금의 미동도 없이 자연스럽게 연환공격을 펼친 것이었다.

"큭!"

연이어 쇄도하는 주먹에 계현은 막을 수밖에 없었다.

막는 것보다는 회피하는 게 이득이었지만 유하성의 공격은 피할 수가 없었다.

어디든 따라올 수 있는 궤적으로 뻗어 왔기에 계현이 고를 수 있는 선택지는 하나뿐이었다.

그리고 그 결과는 엄청난 고통이었다.

덜덜덜!

강맹하기로 따지자면 칠십이종절예에서도 손꼽히는 무공이 관음청강수였다.

더욱이 소림무공은 무당파와 달리 외공에도 일가견이 있었다.

그런데 놀랍게도 태극권에 관음청강수가 밀렸다.

그것도 속수무책으로 말이다.

휘이익!

하지만 충격은 짧았다.

관음청강수가 안 된다면 다른 무공을 펼치면 되었다.

두 팔이 밀려 난 자세를 계현은 오히려 역이용했다.

몸의 중심이 뒤로 넘어간 걸 이용해 그대로 항마연환신퇴(降魔連環神腿)를 펼쳤다.

파파파팟!

이윽고 수십 개의 각영(脚影)이 폭발적으로 솟구치며 유하성의 전신요혈을 노렸다.

아래에서부터 일시에 쏟아졌던 것이다.

그런데 유하성의 대응이 놀라웠다.

폭발하듯 솟구치는 수십 개의 각영을 쌍권으로 모조리 튕겨 냈다.

퍼퍼퍼펑!

단 한 개도 놓치지 않고 모조리 받아치는 유하성의 권격에 계현이 믿을 수 없다는 표정을 지었다.

보통의 태극권과는 다르다는 걸 알고 있었지만 이렇게나 쾌속하게 펼쳐 낼 줄은 몰라서였다.

하지만 이건 시작에 불과했다.

쩌어엉!

지금까지와는 다른 충돌음과 함께 계현의 얼굴이 일그러졌다.

유하성의 주먹과 부딪친 정강이에서부터 아릿한 고통이 느껴졌던 것이다.

그리고 그 고통은 순식간에 전신으로 퍼져 나갔다.

'균형을 잃으면 안 된다!'

고통도 고통이지만 계현은 정신이 번쩍 들었다.

각법은 강했지만 그만큼 실패하면 그 급부 역시 컸다.

공격하는 순간 균형을 다리 하나로 지탱해야 했기에 빈틈 역시 커질 수밖에 없었던 것이다.

그래서 계현은 튕겨 나는 반동을 이용해 물러나며 몸을 뒤집었다.

쌔애액!

두 발로 땅을 딛기 무섭게 강렬한 파공음이 들렸다.

보지 않아도 느낄 수 있는 유하성의 권격에 계현은 두 손을 활짝 펼쳤다.

소림사의 무공이 대부분 강맹하다고 하나 그렇다고 유공(柔功) 계열의 무공이 아예 없는 건 아니었다.

그렇기에 계현은 방법을 바꿨다.

터어어엉!

유하성이 극강의 초식을 뿌린다면 그는 극유로 받아 낼 생각이었다.

한데 장심에서 저릿한 감각이 느껴졌다.

동시에 가공할 거력이 장심을 중심으로 퍼져 나갔다.

"끄윽!"

방금 전보다 더욱 강력해진 위력에 계현의 얼굴이 붉어졌다.

예상했던 것보다 더한 위력에 신음이 절로 나왔던 것이다.

하지만 이건 시작에 불과했다.

주르륵.

단 일격을 막았을 뿐인데 계현의 신형이 뒤로 밀렸다.

바닥에 깊은 고랑을 만들며 밀려 났던 것이다.

게다가 유하성의 공격은 이게 다가 아니었다.

터엉! 터어엉!

연이어 펼쳐지는 정권에 계현의 얼굴이 사정없이 일그러졌다.

동시에 그의 쌍장이 쉴 새 없이 뒤로 밀렸다.

받아 내기는 했으나 말 그대로 가까스로 받아 내는 정도였다.

거기다 타점에서부터 시작되는 어마어마한 고통에 계현은 자기도 모르게 이를 악물었다.

'전사경인가……!'

장심에서 파고드는 이질적인 기운은 계현의 내부를 사정없이 찢어 버렸다.

외내(外內) 가릴 것 없이 파괴하겠다는 듯이 무시무시한 기운이 날뛰었던 것이다.

강기는 아니지만 강기보다 더 위협적인 발경에 계현은 믿을 수가 없었다.

주로 권장지각의 무공이 발전한 곳이 소림이기에 발경에도 일가견이 있었는데 유하성의 수준은 차원이 달랐다.

꽈앙! 꽝!

그 결과 계현은 초반과 달리 속수무책으로 밀렸다.

한번 밀리자 계속해서 뒷걸음질 쳤던 것이다.

물론 형세를 뒤집어 보고자 계현도 노력했으나 달라지는 건 없었다.

오히려 유하성은 정면으로 계현의 반격을 부숴 버렸다.

"헉! 헉!"

변초 따위는 쓰지 않겠다는 듯이 유하성은 우직하게 정면으로만 공격했다.

그것도 다른 곳을 노릴 수 있었음에도 일부러 계현의 양손을 노렸다.

공격 자체를 박살 내겠다는 뜻이었다.

쫘아아앙!

계현이 강기까지 일으켰으나 상황은 뒤집어지지 않았다.

오히려 시간이 갈수록 계현의 안색은 창백해졌고, 끝내 패배를 시인했다.

"제가, 졌습니다."

더 이상의 경합은 무의미하다고 여겼기에 계현은 순순히 패배를 인정했다.

무슨 수를 써도 이 상황을 뒤집을 수 없을 것 같아서였다.

그래서인지 계현의 얼굴에는 조금의 불만도, 아쉬움도 떠올라 있지 않았다.

대신 두 눈에 놀람이 짙게 서려 있었다.

"고생하셨습니다."

"대단하십니다. 그런 태극권은 처음 봤습니다."

"똑같은 무공이라고 하더라도 누가 펼치느냐에 따라 다양한 해석이 있을 수 있으니까요."

"나중에 따로 찾아뵈어도 되겠는지요?"

"예. 언제라도 찾아오시죠."

패배했음에도 계현은 오히려 개운한 표정을 지었다.

엇비슷한 수준이라면 모를까 자신보다 확연히 위에 있는 고수였기에 인정하기가 되레 쉬웠다.

그리고 한 명의 무인으로서 존경심이 생기기도 했고.

태극권으로 새로운 경지를 이룬 무인은 존경받을 만한 가치가 있었다.

"우와아아!"

뒤늦게 사방에서 환호성이 터져 나왔다.

유하성의 승리에 연회장에 있던 이대제자들이 함성을 지른 것이었다.

더불어 원일의 표정 역시 밝아졌다.

어째서 유하성이 계현에게 비무를 청했는지 알기에 그는 감사한 마음을 담아 허리를 숙였다.

"언제 거기까지 생각한 거야?"

"임기응변?"

"캬하! 무력도 뛰어나, 무론에도 밝아, 거기다 임기응변까지 뛰어나다니. 얄미울 정도로 다 가졌네. 나는 거지니까 그냥 체념해야 하나."

"재능이 있잖아. 말발과."

"너에 비하면 너무 부족해."

제자리로 돌아온 유하성을 향해 이춘상이 투덜거렸다.

원래대로라면 남궁준과 다시 비무를 해야 했지만 유하성의 비무를 봐서 그런지 둘 다 마음을 접었다.

비무를 이어 가 봤자 의미가 없어서였다.

오히려 유하성과 계현의 비무를 떠올리며 곱씹는 게 더 이득이었다.

"네가 그런 말을 하면 안 되지."

유하성이 피식 웃었다.

가진 재능으로 치자면 이춘상은 이런 말을 하면 안 되었다.

"그나저나 무룡을 일격에 쓰러뜨렸으니 한동안 시끄럽겠네. 당사자인 무룡은 폐관수련을 할지도 모르겠는데?"

"뿌린 대로 거두는 법이지."

"하긴. 쓸데없이 호기를 부리지 않았다면 벌어지지 않았을 일이지."

이춘상이 연회장을 오고 가며 일하는 무당파의 제자들을 둘러봤다.

비룡 원일이 패배했을 때만 하더라도 다들 표정이 어두웠는데 지금은 달랐다.

하나같이 자부심이 가득한 표정을 지었다.

유하성이 보여 준 압도적인 실력에 다들 자랑스러워했던 것이다.

"여기는 우리 집 앞마당이기도 하고."

"그렇지. 무당파인데 자존심은 세워야지. 쓸 수 있는 패가 없는 것도 아니고."

"그런 점에서 작년의 저는 못난 모습을 보였네요."

"으음! 남궁 공자가 그리 말하면 제가……."

대놓고 자책을 하는 남궁준의 말에 이춘상이 어색하게 웃었다.

남의 잔치에 찬물을 끼얹은 게 그여서였다.

물론 그 일에 대해 남궁세가가 탓하지는 않았지만 미안한 감정은 분명히 있었다.

"눈이 너무 높아졌어. 웬만한 비무는 눈에 들어오지도 않는구먼."

"그러니까요."

남궁수가 혀를 찼다.

수준 높은 유하성과 계현의 비무를 봐서 그런지 후기지수들의 대결이 이상할 정도로 지루했다.

그리고 그건 다른 이들도 마찬가지인 듯 남궁희수를 비롯해서 원탁에 앉아 있던 이들이 고개를 주억거렸다.

심지어 비무를 하는 이들 중에는 구룡도 있었는데 말이다.

"근데 이번 비무로 인상은 확실하게 심어 줬네. 무당에 자네가 있다는 걸 말이야."

"거기까지는 생각하지 않았습니다."

"아네. 제자들을 위해서 그랬다는 걸. 뭐, 소림사가 그동안 너무 많이 해 먹기는 했지. 안 그런가?"

"맞습니다. 영원한 일인자는 주변을 피곤하게 만드는 법이죠."

"추격당하는 느낌을 받겠어."

남궁수와 이춘상이 의미심장하게 웃었다.

그 정도로 유하성이 보여 준 비무는 충격적이었다.

혈기왕성한 후기지수들이 선뜻 유하성에게 다가오지 않을 정도로 말이다.

무룡이 일초지적이니 감히 비무를 요청할 엄두가 나지 않을 터였다.

'슬슬 본격적으로 쟁탈전이 시작되려나.'

남궁수가 쓴웃음을 지었다.

이곳으로 향하는 여인들의 시선이 확연히 늘어서였다.

아까 전에는 호기심 정도였다면 지금은 묘한 열기를 담고 있었다.

특히 오대세가에 속하지는 못하지만 명문세가라 불리는 가문의 여식들이 뜨거운 눈빛으로 유하성을 쳐다봤다.

후르릅.

정작 유하성은 수십 쌍의 시선이 쏟아지고 있음에도 담담히 차를 들이켜고 있었다.

방금 전까지 격렬한 비무를 한 사람답지 않은 모습으로 말이다.

그걸 알아차린 몇몇 후기지수들은 질린 눈으로 유하성을 쳐다봤다.

해가 중천에 이르렀지만 유하성의 처소는 조용했다.

둘째 날인 오늘은 용봉회에 참석하지 않겠다고 선언했기에 이춘상을 비롯해서 다른 이들은 전부 연회장에 가 있었다.

꼭 비무를 하지 않더라도 다른 이의 대련을 보는 것만으로도 얻는 게 적지 않을 것이기에 유하성은 나이를 막론하고 전부 연회장으로 보냈다.

대신 그는 홀로 남아 어제 있었던 대련을 복기했다.

'확실히 뛰어나. 거기다 다양하기까지 하고.'

천하공부 출소림이라는 말처럼 직접 겪어 본 소림사의 무공은 대단했다.

단순하면서도 강인하고, 탄탄하면서도 또 화려함을 품고 있었다.

게다가 칠십이종절예라는 말처럼 엄청난 숫자의 무공이 전부 다 뛰어났다.

하나하나가 절예라고 부르기에 모자람이 없을 정도로 말이다.

'이기긴 했으나 아직 갈 길이 멀어.'

어제의 승부는 무당파의 무공이 뛰어나서 이긴 게 아니라 유하성의 수준이 높아서 이긴 것이었다.

그 정도로 소림사의 무공은 무당파와 비교해도 결코 뒤떨어지지 않았다.

게다가 계현은 소림십수라 불리는 소림권공의 대가였으나 그렇다고 소림사의 최고수는 아니었다.

또한 그가 익힌 무공들도 칠십이종절예 중에서 최상위에 속해 있는 무공은 아니었고.

'더 발전시켜야 해.'

두 눈을 감은 유하성은 어제 계현이 보여 주었던 움직임을 하나하나 뜯어냈다.

그리고 고뇌하고 또 고뇌했다.

좀 더 나은 대처나 대응이 있을 거라고 생각하면서 수없이 복기했다.

그러면서도 유하성은 운기행공을 멈추지 않았다.

후우우웅.

부족한 재능을 채우기 위해서는 끊임없이 노력해야 했다.

그래서 유하성은 하루 중 정말 최소한의 시간만 휴식하며 남은 모든 시간을 운기행공에 쏟았다.

아무리 미약한 양이라도 쌓고, 또 쌓다 보면 결국에는 늘기 마련이었다.

티끌 모아 태산이라는 말처럼 유하성은 조금의 시간도 낭비하지 않았다.

거기다 무당파에는 양의신공이라는 특별한 무공이 있었다.

물론 처음부터 쉽게 되지는 않았지만 이제는 제법 두 가지 일을 하는 게 익숙해졌다.

"사천당가의 독공도 한번 겪어 보고 싶은데."

긴 호흡과 함께 유하성이 눈을 떴다.

다른 건 아쉽지 않은데 딱 하나, 사천당가의 독공은 견식해 보고 싶었다.

그런데 대련이라서 그런지 다들 독공을 자제하고 있었다.

달리 말하면 그만큼 독공이 위험하다는 뜻이었지만 한 번 정도 받아 보고 싶었다.

"경험은 많을수록 좋으니까."

아무것도 모르는 상태에서 독공에 당하는 것보다는 그래도 한 번이라도 겪어 본 다음에 상대하는 게 훨씬 더 수월할 터였다.

독공이 신체에 어떤 반응을 일으키는지 직접 느껴 보고 싶기도 했고 말이다.

스윽.

밖으로 나온 유하성은 연구동으로 향했다.

다들 나이가 적지 않은데 잠도 제대로 자지 않고 연구를 하고 있어서였다.

그래서 상태를 확인해 볼 겸 유하성은 회의실로 들어갔다.

"어, 왔나?"

"어제 소림사를 완전히 뭉개 버렸다며?"

"역시 유 사질이야!"

"한 번쯤 코를 납작하게 만들어 줄 필요가 있었는데 잘했어!"

정도무림의 양대산맥이라 불리는 무당파이지만 사람들은 늘 소림사를 제일로 쳤다.

언제나 무당파의 앞에는 소림사가 있었다.

그래서인지 다들 어제 있었던 일에 기뻐했다.

"납작하게 만든 정도까지는 아닙니다."

"아니긴. 계현 대사면 소림십수의 일인인데. 게다가 아주 발라 버렸다며?"

괴팍한 성격이 많이 유해진 장일덕이 히죽 웃으며 유하성의 어깨를 두드렸다.

유하성은 대수롭지 않다는 듯이 말했지만 그나 다른 이들의 생각은 달랐다.

배분은 비슷할지 모르나 나이는 유하성이 한참이나 어렸다.

더욱이 인식을 바꾼 일이었기에 더욱 의미가 있었다.

"그 정도까지는 아닙니다."

"아니긴. 누가 봐도 수준 차이가 확 났다는데. 잘했어. 아주 잘했네!"

"어쩌면 유 사질의 대에서 소림사를 넘을 수도 있겠어."

"우리가 도움이 된다면 더 의미가 있겠지."

다음 권으로 이어집니다

武當霸王
무당
패왕